KB186882

FRANZ
KAFKA
비유에 대하여

카프카, 비유에 대하여

초판 1쇄 발행 | 2016년 5월 15일

지은이 | 프란츠 카프카
옮긴이 | 김성화
펴낸이 | 김형호
펴낸곳 | 아름다운날
출판 등록 | 1999년 11월 22일
주소 | (121-837) 서울시 마포구 서교동 351-10 동보빌딩 202호
전화 | 02) 3142-8420
팩스 | 02) 3143-4154
E-메일 | arumbook@hanmail.net
ISBN 979-11-86809-16-7 (03850)

이 도서의 국립중앙도서관 출판예정도서목록(CIP)은 서지정보유통지원시스템 홈페이지(http://seoji.nl.go.kr)와 국가자료공동목록시스템(http://www.nl.go.kr/kolisnet)에서 이용하실 수 있습니다.(CIP제어번호 : CIP2016009599)

FRANZ
KAFKA
비유에 대하여

프란츠 카프카 지음 | 김성화 옮김

아름다운날

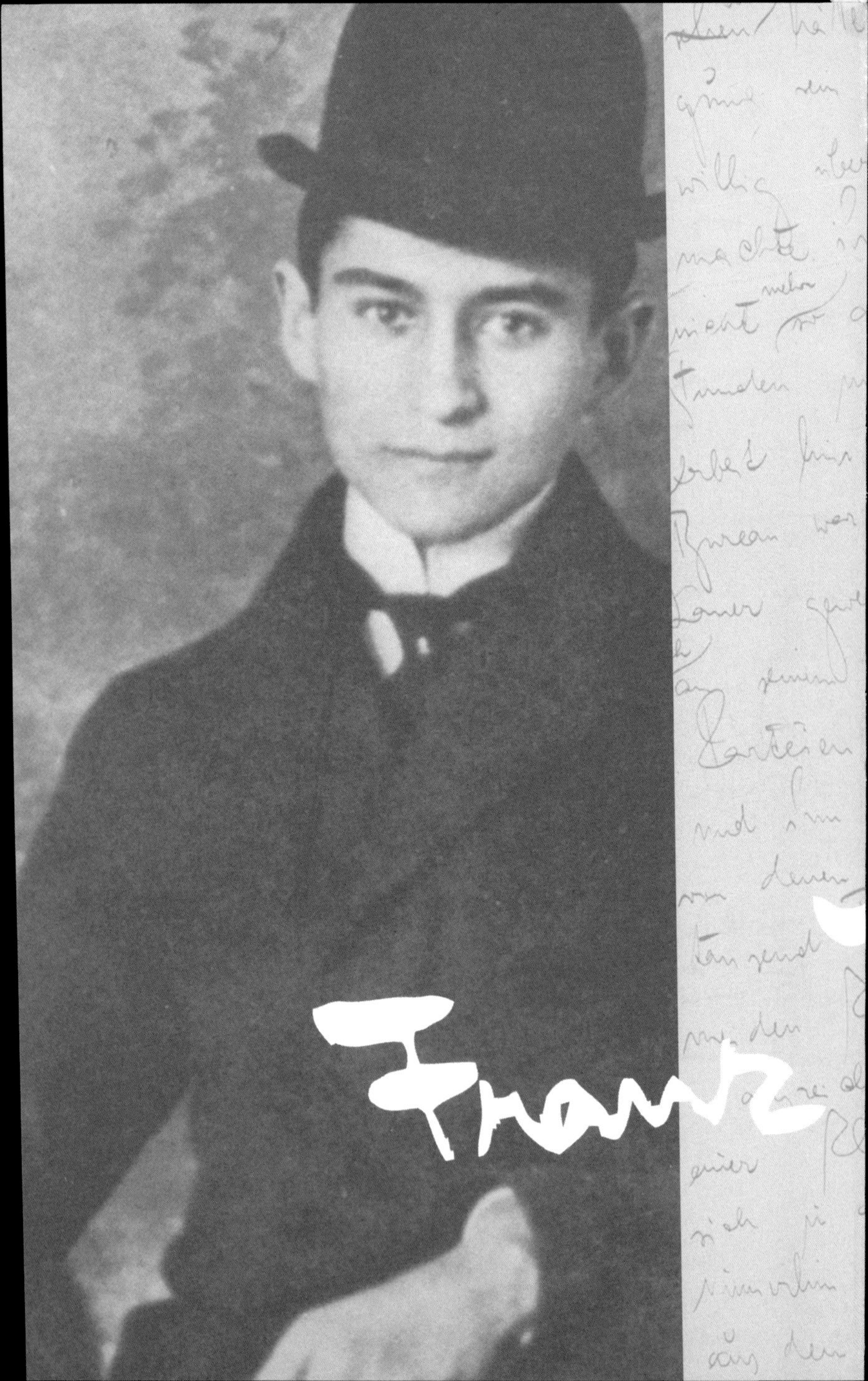
Franz

카프카 예술의 요체는 독자로 하여금
다시 한번 더 읽지 않을 수 없게 만드는 데 있다.

– 알베르 카뮈

차례

비유에 대하여

많은 사람들은 현자의 말이 항상 비유일 뿐 일상생활에서는 아무런 쓸모가 없다고 불평한다. 그리고 그들에 따르면 우리에게 존재하는 거라곤 오직 일상뿐이다. 만약 현자가 "저편으로 가자"라고 말한다 하더라도, 이는 우리가 어떤 실제 장소로 건너가야 한다는 것을 의미하지 않는다. 그 결과가 어떤 가치가 있다면 어떻게 해서든 해내겠지만 말이다. 그가 의미한 것은 어떤 전설 속에 존재하는 것과 같은 '저편'인데, 이는 미지의 곳으로 현자 자신도 구체적으로 표현할 수 없기 때문에 지금 우리에게는 실상 어떤 도움도 줄 수 없다. 이런 모든 비유들이 원래 말하려는 것은 다름이 아니라 파악할 수 없는 것은 파악할 수 없다는 것인데, 우리는 그 사실을 이미 알고 있다. 하지만 우리가 매일 애써야 하는 것은 다른 데 있다.

그러자 누군가 이렇게 말했다.

"왜 너희는 스스로를 가로막지? 너희가 비유를 따라간다면 너희 스스로가 비유가 되어 일상적인 노력에서 자유로워질 텐데."

그러자 다른 한 사람이 말했다.

"나는 그 말도 비유라고 확신해."

첫 번째 사람이 말했다.

"네가 이겼어."

두 번째 사람이 말했다.

"그러나 유감스럽게도 비유 속에서만이야."

첫 번째 사람이 말했다.

"아니, 현실 속에서 그렇지. 비유 속에서 넌 진 거야."

I

．
．
．
．

황제의 칙명

목적지

"오로지 여기로부터 떠나는 거야, 오로지 여기로부터 떠나는 거야.

계속해서 여기로부터 떠나는 거야.

오로지 그것만이 내가 목적지에 도착할 수 있게 하지."

황제의 칙명

황제가 임종을 앞둔 침상에서 그대에게 칙명을 내렸다, 그렇게 이야기가 시작된다고 하자. 한낱 미천한 신하에 불과한 그대에게, 황제의 태양으로부터 떨어져 가장 먼 곳에 피신해 보일 듯 말 듯 작은 점 같은 그림자에 불과한 그대에게 말이다. 황제는 칙사를 침대 옆에 꿇어앉히고 그의 귀에 대고 칙명을 속삭이듯 말했다. 황제에게는 칙명이 매우 중요한 것이었기 때문에 칙사에게 그 말을 자신의 귀에 대고 되풀이하도록 시켰다. 황제는 고개를 끄덕이며 자신이 말한 칙명이 맞다는 것을 확인했다. 그러고는 자신의 죽음을 지켜보는 모든 사람들 앞에서 칙사를 떠나보냈다.

장애물인 벽은 모두 허물어졌고, 저 멀리까지 높이 뻗어 흔들거리는 옥외 계단에는 제국의 고관대작들이 원 모양으로 둘러서 있었다. 칙사는 곧 길을 떠났다. 그는 지칠 줄 모르는 강인한 남자였다. 그는 한 번은 이 팔을, 한 번은 다른 팔을 앞으로 뻗으면서 군중 속에서 길을 만들었다. 제지를 받으면 태양의 문양이 새겨져 있는 가슴을 내보였다. 그는 또 누구보다도 쉽게 앞으로 나아갔다. 하지만 군중이 이룬 무리는 너무나 컸고, 그들이 사는 거처는 끝없이 이어졌다. 거칠 것 없는 들판이 펼쳐졌더라면 그는 얼마나 자유롭게 날 듯이 갈 수 있었을까. 그랬다면 그대는 곧 그의 주먹이 그대의 집 문을 두드리는 엄청난 소리를 들었을 것이다.

그러나 그는 얼마나 헛되이 애를 쓰고 있었는지. 그는 아직까지도 계속 궁전의 가장 깊숙한 곳에 있는 수많은 방들을 헤쳐 지나가고 있다. 그는 결코 그 방을 벗어나지 못할 것이다. 그리고 설령 그가 궁궐을 벗어나는 데 성공한들 아무런 소득이 없을 것이다. 계단을 내려가기 위해 그는 분투해야 할 것이고, 통과하더라도 아무런 소득이 없을 것이다. 궁전의 마당도 통과해야 한다. 그리고 다시 계단과 마당, 그리고 다시 궁전, 그리고 그렇게 계속해서 수천 년이 지나 마침내 그가 가장 바깥쪽에 있는 문 밖으로 뛰쳐나가면, 그런 일은 결코, 결코 일어나지 않겠지만, 비로소 수도首都가 나타날

것이다. 그곳은 세상의 중심이며, 세상의 찌꺼기가 완전히 높이 쌓여 있다. 아무도 이곳을 뚫고 나가지 못한다. 죽은 자의 칙명을 가지고 있다 하더라도 말이다.

그러나 밤이 오면 그대는 창가에 앉아 그 칙명에 대해 꿈을 꾼다.

목적지

    나는 마구간에서 내 말을 끌고 오라고 명령했다. 하인은 내 말을 알아듣지 못했다. 나는 직접 마구간으로 가서 내 말에다 안장을 얹고 올라탔다. 멀리서 트럼펫 부는 소리가 들렸고 나는 그에게 그게 뭘 의미하는 건지 물었다. 그는 아무것도 몰랐고, 아무것도 듣지 못했다. 대문에서 그는 나를 멈춰 세우고 물었다. "주인님, 말을 타고 어디로 가십니까?" "몰라." 나는 말했다. "오로지 여기로부터 떠나는 거야. 오로지 여기로부터 떠나는 거야. 계속해서 여기로부터 떠나는 거야. 오로지 그것만이 내가 목적지에 도착할 수 있게 하지." "그럼 목적지를 아신단 말씀인가요?" 그가 물었다. "그래." 내가 대답했다. "내가 이미 말했잖나. '여기로 – 부터 – 떠나는 것', 그게 나의 목적지야." "비상식량도 안 가지고 있잖아요." 그가 말했다. "나는 아무것도 필요 없어." 내가 말했다. "만일 길에서 아무것도 얻지 못한다면 나는 분명 굶어 죽을 만큼 여행은 길지. 비상식량으로는 어림도 없지. 다행스럽게도 그건 진정 어마어마한 여행이라는 거야."

II

●
●
●
●

우리는 바벨탑 아래 굴을 판다.

북경의 황제

우리에게 사실은 황제가 없다는 결론을 도출할 수 있는 사람은 진실에서 멀지 않을 것이다. 계속해서 나는 다음과 같이 말할 수밖에 없다. 우리 남쪽에 있는 사람들처럼 황제에게 충실한 민족은 아마 없을 테지만 그 충성심이라는 것이 황제에게 이득이 되는 건 아니다. 그렇긴 하지만 동네 어귀의 작은 기둥에 있는 성스러운 용은 인류의 역사가 시작된 이래 정확히 북경을 향해 충성을 맹세하며 뜨거운 숨을 뿜고 있다.

그러나 북경 자체는 동네 사람들에게 내세보다 더 멀리 있는 것이다. 나란히 촘촘히 서 있는 집들이 우리 동네 언덕에서 보이는 전망보다 더 멀리까지 펼쳐져 있는 동네, 그리고 이 집들 사이로 아침저녁으로 사람들 머리통으로 빽빽한 동네가 정말 있을까? 우리는 그런 도시를 상상하는 것보다 북경과 북경의 황제는 이를테면 구름과 같은 것이며 태양 아래서 시간의 흐름과 함께 조용히 변해 가는 것이라 믿는 것이 더 쉬울 것이다.

그런 생각을 따라가면 자유롭고 억제당하지 않는 삶이 있을 것이다. 결코 방종해서 그렇다는 게 아니다. 나는 내 고향에서 존재하는 것과 같은 그런 도덕적 순수함을 여행 중 거의 접한 적이 없다. 그것은 현대의 법을 따르는 것이 아니라 태초부터 우리에까지 면면히 내려온 지시와 경고에 대해서만 귀 기울이는 삶이다…….

이런 태도가 미덕이라 할 수는 없을 것이다. 더 주목할 만한 점은 바로 이 약점이 우리 민족을 하나로 묶어 주는 가장 중요한 수단 중 하나로 보인다는 것이다. 정말이지, 감히 이런 표현을 사용해도 된다면, 그건 바로 우리가 살고 있는 땅과 같다. 여기서 오점 하나를 자세히도 정당화시키는 것은 우리 양심의 문제가 아니다. 오히려 더 지독하게도 그것은 우리의 두 다리를 뒤흔드는 문제이다.

만리장성 축조 소식

이 세계에도 이제 만리장성의 축조 소식이 들어갔다. 그 소식은 늦게 들어간 것이기도 했는데, 축조가 예견된 지 약 삼십 년이 지나서였다. 어느 여름날 저녁이었다. 열 살이었던 나는 아버지와 함께 강가에 서 있었다. 이 소식의 의미에 대해 사람들이 종종 얘기하던 그 시절에 대해 나는 거의 기억하지 못한다. 아버지는 내 손을 잡았는데, 그건 아버지가 연세가 드셔서도 즐겨 하시는 버릇이었다. 그리고 아버지는 다른 사람들과 함께 그의 길고도 정말 가는 파이프로 마치 그것이 피리인 듯 담배를 피우며 가셨다. 아버지의 굵고 성기면서도 뻣뻣한 콧수염은 공중에 날리고 있었고, 파이프 담배를 즐기시며 아버지는 강 위 저 높은 곳을 바라보셨다. 아이들의 경외심 대상이었던 아버지의 변발辮髮은 더욱 아래로 내려가서는 축제날 입는 금빛으로 빛나는 비단 의상 위로 가볍게 살랑였다. 그때 조각배 하나가 우리 앞에 멈춰 섰고 배에 탄 사람은 아버지에게 손을 흔들었다. 그는 마치 제방으로 내려오는 듯했고, 아버지는 그를 향해 직접 내려가셨다. 두 사람은 중간 지점에서 만났고, 선원은 아버지에게 바짝 다가서기 위해 아버지를 포옹하고는 귀에 대고 뭔가를 속삭였다. 나는 그 말이 무엇인지 이해하지 못했고 다만 아버지가 그 소식을 믿지 않는 것처럼 보인다는 것만 보고 있을 뿐이었다. 선원이 진실이라 강조하면 할수록 아버지는 더욱 믿지 않는 것처럼 보였다. 선원이 진실을 증명하기 위해 뱃사람이면 으레 가지고 있는 정열적인 태도로 자신이 입고 있던 옷의 가슴팍을 찢자 아버지는 더 조용해졌다. 선원은 덜커덕거리는 소리를 내며 배에 올라타서는 사라졌다. 생각에 잠긴 얼굴로 아버지는 내가 있는 쪽으로 오셔서 파이프를 털어내곤 허리띠에 그걸 끼우셨다. 그러곤 내 뺨을 쓰다듬으시며 머리를 아버지 쪽으로 끌어당기셨다. 나는 아버지가 그렇게 해 주시는 걸 제일 좋아했는데, 그럴 적이면 정말 기뻤다. 그리고 우리는 집으로 돌아갔다. 집에는 이미 식탁에 쌀죽이 김을 모락모락 내고 있었고 몇몇 손님들이 모여 막잔에다 술을 따르고 있었다. 거기에는 전혀 신경 쓰지 않은 채 아버지는 이미 문지방에서 그가 뭘 들었는지 이야기하기 시작했다. 물론 무슨 말이었는지 단어는 정확히 기억할 수 없지만, 당시 아이였던 내게 엄습한 이상한 분위기 때문에 그 의미는 전해졌다. 그건 내가 일종의 주문처럼 재현할 수 있다고 믿을 정도로 깊숙이 들어왔다. 아버지는 사람들을 특히 잘 파악했기 때문에 나는 그것을 할 수 있는 것이다. 그러니까 아버지는 대략 다음과 같이 말했다. 어떤 낯선 선원이 말이야 ─ 보통 여길 지나가는 사람들은 알지만 이 사람은 모르겠더라고 ─ 황제를 보호하기 위한 거대한 장벽이 축조되고 있다고 말해 줬어. 황제의 궁궐 앞에는 신을 믿지 않는 사람들이 자주 모여든다는데, 그중에는 악마도 있어서 황제를 향해 검은 화살을 쏜대.

만리장성과 바벨탑

맨 먼저 사람들은 아마도 바벨탑 축조에 거의 뒤지지 않는 업적을 일궈 냈다고 말할 것이다. 적어도 인간의 관점에서 평가하자면, 무엇보다도 그것은 신의 마음에 드는 것으로 바벨탑과 상반되는 것을 표현한다는 것이다. 내가 이를 언급하는 이유는 공사가 시작될 무렵에 어떤 학자가 이 둘을 매우 상세히 비교하는 책을 썼기 때문이다. 그는 책에서 바벨탑의 축조가 일반적으로 알려진 이유 때문에 목표에 도달하지 못한 것은 결코 아니며, 적어도 널리 알려진 이유 중에는 가장 포인트가 될 만한 이유가 없다는 걸 증명하려 노력했다. 그는 기록물과 보고서로만 증명하려 하지 않고 직접 현장을 방문하여 조사에 착수했다. 거기서 그는 탑의 기반이 약해 축조에 실패했고, 축조가 실패할 수밖에 없었다는 걸 발견했다. 이 점에서는 어쨌든 우리의 시대가 오래전 흘러간 그 시대보다 훨씬 낫다. 교육을 받은 동시대인 대부분은 거의 전문적인 미장이였고 기반을 쌓는 작업은 확실했다. 그러나 그 학자가 조사하고자 했던 건 전혀 그런 것이 아니었다. 오히려 그는 만리장성이 인류 역사상 처음으로 새로운 바벨탑을 위한 확실한 기반이 되리라고 주장했다. 그러니까 우선은 장성을 쌓고, 그리고 나서 탑을 쌓는다는 것이었다. 그 책은 당시 누구나 다 가지고 있었을 정도로 유행했으나, 나는 그가 어떻게 이런 탑의 축조를 생각하고 있었는지 오늘날까지도 정확히 파악하지 못했다고 털어놓을 수밖에 없다. 원은 고사하고 사 등분하거나 반으로 나눈 형태밖에 못 이루었던 장벽이 과연 탑의 기반이 될 수 있을까? 그것은 다만 머리로만 생각할 수 있는 것이었다. 그러나 그렇다면 실제로 존재했었고, 또 수십만의 노력과 삶의 결과인 장성은 대체 무엇 때문에 있는가? 그리고 무엇 때문에 그 공사에서는 수많은 계획이, 안개처럼 애매하기 만한 계획이 있었나? 탑의 도면을 그리고, 기운찬 새 공사의 인력을 어떻게 총 지휘해야 할지 세세한 것까지 제안하면서 말이다.

　이 책은 일례에 지나지 않는다. 그 당시에는 정신착란이 많았는데, 아마 그 많은 사람들이 오로지 하나의 목적만을 향해 신경을 쏟았기 때문일 것이다. 인간 존재란 근본이 경박스러우며 날아다니는 먼지와 같은 천성 때문에 속박을 견디지 못한다. 만일 인간이 자신을 스스로 옭아 묶는다면 그는 곧 묶은 것을 미친 듯이 흔들어 대기 시작할 것이고, 장벽, 사슬 그리고 자기 자신까지도 온 사방으로 갈기갈기 찢어 버리고 말 것이다.

바벨탑

만약 바벨탑에 오르지 않고서도 그걸 지을 수 있었더라면 신은 바벨탑의 축조를 허락했을지도 모른다.

바벨탑의 굴

너는 뭘 짓고 있지? 나는 지하를 파려고 해. 좀 진척이 있어야지. 내가 있는 곳은 너무 높은 곳이야.

우리는 바벨탑 아래 굴을 판다.

도시문장

처음에 바빌론의 탑을 축조했을 때는 모든 것에 그럭저럭 질서가 있었다. 아니, 어쩌면 그 질서란 너무 일목요연했는지도 모른다. 사람들은 이정표, 통역관, 노동자의 숙소와 교통 연결로에 대해 너무 신중하게 생각했다. 그건 수백 년이 걸려서라도 그 작업을 해낼 수 있을 것처럼 보일 정도였다. 심지어 당시 지배적인 생각은 아무리 천천히 탑을 지어도 과한 것이 아니라는 데까지 이르렀다. 이 생각은 전혀 과장된 것이 아니었다. 기초를 놓기조차 두려울 정도였기 때문이다. 그러자 사람들은 전 작업의 핵심이 하늘까지 닿는 탑을 쌓는 것이라는 논거를 세웠다. 이런 생각 외 다른 것들은 다 별로 중요하지 않았다.

일단 생각이 탑의 규모에 사로잡히자 그 생각은 더 이상 사그라들 수가 없었다. 또한 인류가 존재하는 한 그 탑을 끝까지 쌓겠다는 강렬한 염원도 생겼다. 그러나 이런 생각 때문에 미래에 대해 걱정할 필요는 없다. 오히려 인류의 지식이 발달한 덕분에 건축술은 진보해 왔고, 또 앞으로도 계속 진보할 것이기 때문이다. 우리가 지금 일 년 걸리는 작업은 백 년 후에는 아마 반년이면 완성할 수 있을 테고, 또 작업의 질은 더욱 훌륭하고 견고해질 것이다. 그러니 뭣 때문에 오늘 힘의 한계치까지 지치도록 일하겠는가? 한 세대 안에 탑을 쌓을 수 있기를 바라는 것이 옳을지도 모른다. 하지만 결코 그것을 기대해서는 안 되었다. 오히려 다음 세대에 와서는 지식이 더 완벽해져 그들은 전 세대가 해 놓은 작업을 형편없다고 여기고, 처음부터 다시 시작하기 위해 쌓아 놓은 것을 헐어 버릴지도 모른다.

그런 생각은 사람들을 주눅 들게 했고, 그들은 탑을 쌓는 것보다 오히려 노동자의 도시를 건설하는 데 더 열을 올렸다. 동향인들끼리 서로 가장 좋은 구역을 차지하려 애썼고, 그로 인해 분쟁이 일어나 피 튀기는 싸움으로까지 번지고 말았다. 이 싸움은 결코 멈추지 않았다. 지도자들은 새로운 논거를 제시했는데, 싸움으로 탑을 쌓는 데 집중이 안 되기 때문에 탑은 천천히 짓거나, 아니면 차라리 모두 평화조약을 맺은 후에나 지어야 한다는 것이다. 그렇지만 싸우면서 시간이 다 간 것은 아니다. 사람들은 쉬는 동안에 도시를 아름답게 꾸몄다. 이는 또다시 새로운 시기심을 불러일으켰고 다시 싸움이 일어났다.

그렇게 첫 세대의 세월은 지나갔다. 그러나 그 뒤 세대들도 전혀 다를 바가 없었다. 오로지 기예만 계속해서 늘었고 이는 또다시 싸움에 대한 욕망을 불러일으켰다. 그로써 이미 두 번째, 혹은 세 번째 세대에 이르러 사람들은 하늘에 닿는 탑을 건설하는 것이 무의미하다는 것을 깨달았다. 그러나 도시를 떠나기에는 사람들은 이미 서로 너무나 가까워져 있었다.

이 도시에서 생겨난 모든 민담과 노래는 예언된 날에 대한 동경으로 가득 차 있다. 그 예언의 날 어떤 거인이 나타나 주먹을 다섯 번 휘둘러 도시를 완전히 때려 부술 것이라고 한다. 그 때문에 이 도시의 문장 안에도 주먹이 새겨져 있다.

III

· · · ·

메시아는 그가 더 이상 꼭 필요하지 않아도 될 때야
비로소 재림할 것이다.

낙원

낙원으로부터의 추방이 지닌 가장 중요한 의미는 영원이다. 즉 낙원에서의 추방은 최종적인 것으로, 이 세상에서 살아가는 것은 피할 수가 없다. 그러나 그 과정의 영원성(혹은 시간적으로 표현하자면 그 과정의 영원한 반복)은 그럼에도, 우리가 여기서 그걸 알든 모르든 우리가 낙원에 계속해서 머무를 수 있도록 했고, 또 실제로 그곳에 계속해서 존재할 수 있게 한다.

왜 우리는 원죄 때문에 비탄에 빠질까? 우리가 낙원에서 추방된 것은 그 때문이 아니라 생명의 나무 때문이다. 그건 우리가 생명의 나무 열매를 먹지 않도록 하기 위해서다.

인식의 나무 열매를 먹었기 때문에 우리가 죄가 있는 것은 아니다. 그건 오히려 아직까지도 우리가 생명의 나무 열매를 먹지 못했기 때문이기도 하다. 죄가 있다는 것은 우리가 존재하고 있는 상태지만, 잘못과는 관계없다.

우리는 낙원에서 살기 위해 창조되었으며, 낙원은 우리를 섬기도록 되어 있었다. 우리의 운명은 변해 버렸다. 이것이 낙원의 운명과 함께 생기게 될 일이라는 것은 알려진 적이 없다.

우리는 낙원에서 추방되었지만 낙원이 파괴된 것은 아니다. 낙원으로부터의 추방은 어떤 의미에서는 행운이었다. 왜냐하면 만약 우리가 추방되지 않았더라면 낙원은 필경 파괴되었을 것이기 때문이다.

신은 아담이 인식의 나무 열매를 먹게 될 그날 죽을 것이라 말했다. 신에 따르면 인식의 나무 열매를 먹으면 죽는다는 것이다. 뱀의 말에 따르면 신과 똑같이 된다는 것이다(적어도 그런 말로 이해할 수는 있다). 둘 다 비슷하게 틀렸다. 인간은 죽은 것이 아니라 죽을 수밖에 없는 존재가 되었다. 그들은 신과 같아지지는 않았지만 그렇게 되는 데 꼭 필요한 능력 하나를 얻게 되었다. 또 둘 다 비슷하게 옳았다. 죽은 것은 인간이 아니라 낙원의 인간이었다. 그들은 신이 되지는 않았지만 신적인 인식이 되었다.

그는 이 지상의 시민으로 자유로우면서도 안전하다. 왜냐하면 그는 사슬에 매여 있는데, 그 사슬은 지상의 모든 공간을 자유롭게 활보하는 데 충분하면서도 지상의 경계 너머로 갈 수는 없는 길이기 때문이다. 동시에 그는 천상의 시민이기도 하며 자유로우면서도 안전하다. 왜냐하면 그는 지상의 것과 비슷한 길이인 천상의 사슬에 매여 있기 때문이다. 이제 그가 지상으로 가려 하면 천상의 목줄이 그를 죌 것이고, 천상으로 가려 하면 지상의 목줄이 그를 죄어 올 것이다. 그럼에도 그는 모든 선택권을 다 가지고 있으며, 그는 그걸 느끼고 있다. 그렇다, 심지어 그는 그 모든 것이 맨 처음 속박당할 때 생긴 어떤 실수 탓이라 돌리는 걸 거부한다.

원죄를 지은 이래 우리는 선악을 인식하는 능력에 있어서 근본적으로는 똑같다. 그럼에도 바로 여기서 우리는 우리가 가진 특별한 장점을 찾는다. 그러나 이러한 인식 저편에서야 비로소 진정한 차이가 나타나기 시작한다. 그 정반대로 보이는 것은 이렇게 설명할 수 있을 것이다. 그 누구도 인식만으로는 만족할 수 없으며, 오히려 그 인식에 따라 행동하려 애써야 한다는 것이다. 그러나 그럴 수 있는 힘이 없기 때문에, 심지어 그는 필요한 힘을 얻지 못할 위험을 무릅쓰고도 스스로를 파괴해야만 한다. 그러나 그에게는 이 마지막 시도밖에 남아 있지 않다(이는 또한 인식의 나무 열매를 먹는 것을 금지하는 것에 존재하는 죽음의 위협을 의미한다). 이제 그는 이 시도를 두려워하고 있다. 오히려 이제 그는 선악의 인식을 역행시켜 애초부터 없던 일로 했으면 한다('원죄'란 표현의 유래도 이러한 불안으로 거슬러 올라간다). 그러나 일단 일어난 일은 역행할 수 없으며, 흐릿하게 만들 수 있을 뿐이다. 합리화가 생겨난 것은 이런 목적 때문이었다. 전 세계는 합리화로 꽉 차 있고, 눈에 보이는 세계란 어쩌면 잠깐 평화를 얻고자 하는 누군가의 합리화에 불과할지도 모른다. 그것은 인식을 여전히 도달해야 할 목표로 상정하고는 인식된 사실을 위조하려는 시도인 것이다.

두 가지 원죄

인간이기에 가지는 두 가지 원죄가 있다. 다른 모든 죄들은 이들로부터 파생되는데, 그건 바로 성급함과 태만함이다. 인간은 성급함 때문에 낙원에서 추방되었고, 태만함 때문에 낙원으로 돌아가지 못한다. 그러나 그 원죄는 어쩌면 오직 하나일지도 모른다. 그건 성급함이다. 성급함 때문에 인간은 낙원에서 추방되었고, 성급함 때문에 그들은 낙원으로 돌아가지 못한다.

두 가지 진리

우리에게는 인식의 나무와 생명의 나무로 표현될 수 있을 법한 두 가지 진리가 있다. 그것은 행동하는 자의 진리와 쉬는 자의 진리이다. 첫 번째 진리에서 선은 악과 분리되고, 두 번째 진리는 다름 아닌 선 그 자체이다. 그 진리는 선도 악도 모른다. 첫 번째 진리는 실제로 우리에게 주어져 있고, 두 번째 진리는 예감할 수 있을 뿐이다. 그건 슬픈 일이다. 기쁜 일은 첫 번째 진리는 순간의 것, 두 번째 진리는 영원의 것이라는 거다. 그 때문에 그 첫 번째 진리는 두 번째 진리의 빛속에서 꺼진다.

아브라함

아브라함은 정신적으로 빈곤하다. 또 이 정신적 빈곤함에 활동력이 없는 것은 장점이다. 그건 그가 잘 집중할 수 있도록 해 준다. 혹은 그 자체가 이미 집중이다. 그러나 그 때문에 그는 집중력을 사용하는 것이 가진 장점을 잃어버린다.

아브라함은 이런 착각에 사로잡혀 있다. 이 세상의 단조로움을 그는 견뎌 낼 수가 없다는 것이다. 그러나 이 세상의 천태만상은 알려져 있으며 이는 손에 한줌 가득 세상을 담아 자세히 살펴보면 언제든 확인할 수 있다. 세상의 단조로움에 대한 한탄은, 그러니까 세상의 천태만상과 함께 깊이 섞이지 못하는 데 대한 한탄이다.

나는 혼자 다른 아브라함을 생각해 본다. 그는 물론 이스

라엘 민족의 족장까지는 될 수 없었을 것이다. 심지어는 헌옷을 파는 상인조차도 되지 못했을 것이다. 그는 웨이터가 바로 요청을 들어주는 것처럼 제물에 대한 요구를 바로 들어줄 준비가 되어 있었지만, 그걸 실행에 옮기지는 못했을 것이다. 왜냐하면 거기를 뜰 수 없었기 때문이다. 그는 꼭 필요한 존재였다. 집안에서는 끊임없이 계속해서 뭔가를 지시하기 위해 그를 필요로 했다. 그 집안일이란 결코 일이 다 된 적이 없었다. 그러나 집안일이 다 되지 않으면, 그 일을 다 도와주지 않으면 그는 떠날 수가 없었다. 성서도 이 상황을 알았다. 왜냐하면 성서는 "그는 그의 집을 장만했다"라고 말하고 있기 때문이다. 그리고 아브라함은 정말로 이미 그 전에 모든 걸 장만해 두었다. 만약 그가 집이 없었더라면 대체 그는 어디서 아들을 키웠을 것이며, 집 안 어느 구석에서 제물을 칼로 찔렀을 것인가?

이 아브라함은ㅡ그러나 이건 옛이야기라 더 이상 말할 가치가 없다. 특히 실제 아브라함에 대해서는 더욱 그렇다. 그는 이미 이전에 모든 걸 가지고 있었는데ㅡ어린 시절부터 그렇게 되게끔 키워졌다. 이야기의 비약은 보이지 않는다. 만약 그가 이미 모든 걸 가지고 있었고, 그럼에도 더 고귀하게 키워졌다면 그에게서 무언가를 가져가서 그런 게 틀림없다. 적어도 겉보기로 판단한다면 말이다. 그건 논리적이며 이야기상으로도 비약이 없다. 그건 집 짓는 현장에 있다 갑자기 모리아 산*에 올라야 했던 다른 아브라함들과 달랐다. 그들은 아들이 아예 없었을 수도 있고, 이미 그를 제물로 바쳤을 수도 있다. 이는 불가능한 일들로 사라Sarah가 웃는 것도 당연하다. 그러면 이 남자들이 의도적으로 자신들의 집을 완성시키지 않았다는 의혹만이 남는다. 그리고 정말 엄청난 예 하나를 들자면, 그들은 그 마법의 3부작 속에 머리를 박는데, 고개를 들 필요 없이 멀리에 있는 산을 바라보기 위해서였다.

그러나 다른 아브라함을 보자. 그는 제물을 제대로 바치고 싶었고 이 의식 전반에 대해 잘 알고 있는 자이다. 그러나 그 역겨운 늙은이가 자신이며, 지저분한 소년이 그의 자식을 의미한다고 믿을 수 없다. 그가 진정한 믿음이 없는 건 아니다. 그의 믿음이란 이러했다. 그건 그가 그자를 의미한다는 것을

---

* 성서에서 아브라함이 아들 이삭을 제물로 바치려 했던 산. 유대교, 기독교, 이슬람교의 성지로 성선산 Temple Mount라고도 함.

믿을 수만 있다면 옳은 정신으로 제물을 바칠 것이라는 거였다. 그는 그가 아들과 함께 말 타고 떠난 아브라함이 되어 길에서 돈 키호테로 바뀌게 될까 두려워한다. 그때 세상이 그들을 보았다면 아브라함에게 놀라지는 않았을 것이다. 하지만 그는 세상이 그를 보면 죽어라 웃어 댈 것이라 두려워한다. 그가 두려워하는 것은 그 우스꽝스러운 일 자체가 아니다. 그러나 그는 물론 그것을 두려워하긴 한다. 그건 무엇보다도 비웃음 속에 자신이 합류하는 것이다. 그러나 그가 가장 두려워한 것은 이 우스꽝스러움이 그를 심지어는 더 늙고 역겹게 만들며 그의 아들조차 더 지저분해져서 정말 부르심을 받을 가치도 없게 되는 것이었다. 부르심을 받지 않고 온 아브라함이라니! 그건 연말에 가장 우수한 성적을 받은 학생이 엄숙하게 상을 받으려 할 때, 그 기대감에 찬 고요 속에서 가장 성적이 나쁜 학생이 잘못 듣고 맨 뒷줄에 있는 그의 더러운 책상에서 일어나 앞으로 나오자 온 학급이 배꼽 빠지게 웃는 것과 같다. 그리고 그건 어쩌면 결코 잘못 들어서가 아니다. 그는 정말 호명되었는데, 최우수상 수상은 선생이 의도적으로 동시에 가장 성적이 나쁜 학생에게 내린 벌이었던 셈이다.

시나이 산

　많은 사람들이 시나이 산*을 살금살금 둘러싼다. 그들의 말은 불분명하다. 그들은 수다스럽거나 마구 소리를 질렀고, 혹은 입을 꽉 다물었다. 하지만 그들 중 아무도 성큼성큼 더 빨리 걸을 수 있는 넓고 미끈한 새 길로 내려오지 않았다.

＊ 성서에서 모세가 하느님에게 십계를 받은 곳

가장 성스러운 것

가장 성스러운 곳에 발을 내딛기 전에 너는 신발을 벗어야 한다. 신발뿐만 아니라 모든 것을 벗어야 한다, 여행복과 짐 꾸러미, 그리고 그 아래 아무것도 걸치지 않은 몸과 몸 아래에 있는 모든 것, 그리고 그 아래 숨겨진 모든 것, 그리고는 핵과 핵의 핵, 그리고는 남아 있는 것과 그리고는 그 나머지와 그리고는 불멸하는 불의 빛도 벗어야 한다. 먼저 가장 성스러운 것은 그 불 자체를 빨아들이고 그 빛도 빨려들어간다. 그 둘 중 무엇도 가장 성스러운 것에 저항할 수 없다.

사원 건축

사원 건축을 위해 만반의 준비가 갖춰졌다. 외국인 노동자들은 대리석을 가져와 다듬어 서로 모서리를 맞추었다. 그의 손가락이 측량하는 움직임에 맞춰 사람들은 돌을 들어올리고, 밀어 옮긴다. 그 어떤 건축물도 이 사원처럼 쉽게 지어진 적이 없다. 아니면 오히려 이 사원은 진정한 사원 양식에 따라 지어진 것이다. 다만 돌에는 — 대체 어느 돌산에서 온 돌일까 — 그 돌에는 화풀이나 모욕을 하려고, 혹은 완전히 부숴 버리려고 엄청 날카로운 도구로 긁은 자국이 있었다. 그건 사원보다 더 오래 견딘 영원에 대해 아이들의 손이 의미 없이 쓴 서툰 낙서 글씨, 혹은 야만적인 산속의 주민들이 새긴 자국이다.

사원 안의 표범

표범들이 사원 안으로 들어와 제단에 바친 성배 속의 물을 다 마셔 버렸다. 이런 일이 계속 반복되었다. 결국 이런 일은 미리 예측할 수 있게 되었다. 그리고 이것은 사원 의식의 일부가 되었다.

유대 교회당 안의 동물

우리 유대 교회당에는 담비만 한 크기의 동물이 산다. 가끔 그 동물을 매우 잘 관찰할 수 있는데, 약 2미터까지 사람이 접근하게끔 해 준다. 그 동물은 밝은 청록색이다. 그 가죽은 아직 아무도 만져 본 사람이 없기 때문에 거기 대해선 할 말이 없다. 가죽의 진짜 색깔 또한 알려져 있지 않다고 할 수 있다. 아마 눈에 보이는 색깔은 가죽에 붙은 먼지나 모르타르의 색일지도 모른다. 그건 유대 교회당 내부의 회칠 색과 비슷하며 조금 더 밝은 정도이다. 그 동물은 겁이 많다는 것을 빼면, 드물게 조용하며 정주하는 습성을 가지고 있다. 사람들이 그렇게 자주 놀라게 하지 않는다면 그 동물은 아마 자신이 있는 장소를 거의 바꾸려 하지 않을 것이다. 그것이 가장 좋아하는 곳은 여성들이 앉는 구역에 있는 격자 창살로, 창살망을 붙잡고 몸을 쭉 뻗친 채 예배실을 내려다보는 모습은 보기만 해도 녀석이 기분이 좋다는 걸 알 수 있다. 그 동물은 그런 대담한 자세를 즐기는 것 같은데, 교회당 사환은 그 동물이 격자 창살 주위에 절대 못 오게 하는 일을 맡고 있다. 그 동물이 그 장소에 익숙해질지도 모르기 때문이라는 것이다. 그건 그 동물을 두려워하는 여자들 때문에 허락할 수가 없다. 왜 그들이 그 동물을 두려워하는지는 알 수 없다. 물론 그 동물은 처음 볼 때는 무섭게 보인다. 특히 긴 목, 삼각형 얼굴, 거의 수평으로 돌출해 있는 윗니, 그리고 윗입술 위에 있는 길고 이빨보다 훨씬 튀어나와 있는 아주 뻣뻣해 보이는 밝은색 털, 이 모든 건 사람들을 놀라게 할 수 있다. 그러나 곧 사람들은 겉보기로는 완전히 공포감을 주는 이 동물이 전혀 위험하지 않다는 걸 알게 된다. 무엇보다도 그것은 사람에게서 멀리 거리를 두고 떨어져 있다. 이 동물은 숲 속에 사는 동물보다도 더 사람을 어려워하며, 이 건물에만 딱 붙어 있는 것처럼 보인다. 이 동물에게 불행이란 게 있다면 그건 아마도 이 건물이 유대 교회당이어서 때로는 매우 혼잡스러운 곳이라는 것이다. 만약 이 동물과 의사소통을 할 수 있다면, 우리 산골 도시의 교구가 해마다 줄고 있어 유대 교회당을 유지하는 비용을 조달하기 위해 애를 쓰는 중이란 위로의 말을 할 수 있을지도 모른다. 언젠가 이 유대 교회당은 곡물 창고나 그와 같은 것이 되고, 그 동물은 지금은 없는 평온을 얻게 되리라는 게 불가능한 건 아니기 때문이다.

　이 동물을 두려워하는 것은 물론 여자들로, 남자들은 이 동물에 대해 흥미를 잃어버린 지 오래였다. 한 세대는 다른 세대에게 그 동물을 보여주었고, 사람들은 계속해서 또 그 동물을 보게 되었다. 결국 사람들은 더 이상 그 동물에 눈길을 돌리지 않게 되었고, 그것을 처음 본 아이들조차 더 이상 놀라지 않았다. 그 동물은 유대 교회당의 가축이 되어 버린 것이다. 유대 교회당이라 해서 평소에는 결코 아무데서도 나타나지 않는 특별한 가축을 갖지 못하라는 법이 어디 있는가? 여자들이 아니었다면 사람들은 그 동물의 존재에 대해 거의 몰랐을 것이다. 그러나 여자들조차 이 짐승을 정말로 두려워하는 것은 아니다. 그런 동물을 날마다 수 년, 수십 년 동안 무서워한다는 것도 너무 이상하지 않겠는가. 여자들은 그 동물을 무서워함으로써 그것이 남자들보다는 자신들에게 더 가깝다는 걸 대변하고 있으며, 그것은 옳다. 남자들이 있는 쪽으로 그 동물은 감히 내려가지 않는다. 사람들은 마루에서 아직 그 모습을 본 적이 없다. 여성이 앉는 구역에 있는 격자 창살에 못 가게 하면 그 동물은 건너편 벽면의 같은 높이의 장소에라도 자리를 잡는다. 거기는 아주 좁다란 벽이 튀어나와 있는데, 두 손가락 너비도 채 안 되며 유대 교회당 삼면을 둘러싸고 있다. 그 위를 이 동물이 이따금씩 왔다갔다 하지만 대개는 여자들과 마주 보는 특정 장소에 조용히 웅크리고 앉아 있다. 이 동물이 어떻게 이 좁다란 길을 그리 쉽게 이용하는지는 불가사의로, 그 위를 끝까지 갔다가 다시 방향을 바꾸는 모습은 볼 만한 광경이다. 이미 꽤 늙었는데도 정말 대담하게 공중으로 도약하는 걸 주저하지 않았고, 공중에서 돌아 다시 제자리로 돌아오는 것도 결코 실패한 적이 없다. 그러나 이것도 몇 번 보면 식상해져서 계속 지켜볼 마음이 내키지 않는다. 물론 여자들을 안달하게 하는 건 공포심도 호기심도 아니다. 그들이 더 기도에 열중한다면 그 동물은 완전히 잊어버릴지도 모른다. 신앙심 깊은 여자들 역시 그러할 것이다. 다른 다수의 여자들이 그 동물을 허용한다 해도 말이다. 그러나 이들은 항상 사람들의 눈길을 끌고 싶어 하기 때문에 그걸 구실 삼아 이 동물을 환영하는 것이다. 만약 그들이 할 수만 있었다면, 또 감히 그럴 만한 용기가 있었더라면 더 놀라려고 벌써 오래전에 그 동물을 더 가까이로 유인했을 것이다. 그러나 사실 그 동물은 그들에게 달려든 적이 전혀 없다. 자신을 공격하지 않는 한 그 동물은 남자에게 그러하듯 여자에게도 무관심하다. 아마도 그 동물은 몸을 숨긴 채 은신처에 있는 걸 가장 좋아했을 것이다. 예배시간 중에 그 동물은 은신처에 숨어 있는데 그건 분명 어느 벽의 구멍으로, 우리는 아직 거길 발견하지 못했다. 사람들이 기도를 시작하면 비로소 그 동물은 그 소리에 놀라 모습을 드러낸다. 무슨 일이 일어났는지 보려는 걸까? 경계하려는 걸까? 도망치려고 트인 곳에 있으려는 걸까? 그 동물은 불안 때문에 앞으로 뛰어나오고, 불안으로 껑충 뛰며 예배가 끝날 때까지 감히 물러서지 못한다. 높은 곳을 좋아하는 것도 물론 거기가 가장 안전하기 때문이며, 격자 창살 위나 벽의 튀어나온 곳에서 가장 잘 다닌다. 그러나 항상 거기에만 있는 건 아니고 때로는 남자들에게까지 깊숙이 내려오기도 한다. 율법을 보관하고 있는 함의 휘장은 번쩍거리는 놋

쇠 막대기가 받치고 있는데, 그것이 그 동물을 유혹하는 듯하다. 녀석은 꽤나 자주 그것을 향해 살금살금 다가가지만 거기서는 항상 조용히 있다. 그 동물이 율법 보관함 바로 옆에 있을 때조차 방해된다고 말할 수 없을 것이다. 그것은 번쩍이며 항상 열려 있는, 어쩌면 눈꺼풀이 없는 눈으로 교구 사람들을 바라보는 것 같지만, 실은 분명 누군가를 바라보는 것이 아니라 위협이라 느끼는 위험한 것을 향해서만 보는 것이다.

이 점에서 이 동물은 적어도 요 최근까지는 여기 여성들보다 더 영리하지 못한 것처럼 보였다. 대체 어떤 위험을 두려워한다는 걸까? 누가 그 동물을 해치려는 걸까? 수년 간 자신을 완전히 아무렇게나 내맡기고 있는 건 아닐까? 남자들은 그 동물의 존재에 대해 신경을 쓰지 않지만 여자들의 대다수는 그 동물이 사라지면 아마도 슬퍼할 것이다. 그리고 녀석은 이 건물에서 하나밖에 없는 동물이기 때문에 적이란 전혀 없다. 그건 세월이 흐르면서 그 동물도 점차로 알게 되었을 것이다. 그리고 소음을 동반한 예배란 이 동물에게 매우 놀라운 것일 수도 있지만, 예배는 매일 소박한 규모로 반복되다 축제일에는 규모가 커지며 언제나 규칙적으로 끊임없이 진행된다. 정말 겁이 많은 동물이라도 그 예배에는 이미 익숙해졌을 것이다. 특히 그게 추적자들이 내는 소음 같은 게 아니라 전혀 알 수 없는 소음이란 걸 본다면 말이다. 그럼에도 이런 불안은 존재한다. 그건 오래전 지나간 시간에 대한 기억일까, 아니면 미래에 대한 예견일까? 아마도 이 늙은 동물은 삼 세대에 걸쳐 이 유대 교회당에 모였던 이들보다 더 많이 알고 있을까?

　수년 전 사람들은 정말 이 동물을 쫓아내려 했다는 이야기가 전해진다. 그것이 사실일 수도 있지만, 더 그럴싸한 것은 그게 만들어 낸 이야기일 뿐이라는 것이다. 물론 당시 사람들이 종교법의 견지에서 예배당 내에 그런 동물을 허용할 것인지에 대한 문제를 검토했다는 증거가 있다. 사람들은 여러 유명한 율법학자의 소견을 모아 보았지만 의견은 분분했다. 대다수는 그 동물을 추방하고 예배당을 새로이 지어 신에게 바치는 데 대해 동의했다. 그러나 멀리서 명령을 내리는 건 쉬웠지만 실제로 그 동물을 포획하는 것은 불가능했고, 그래서 그걸 추방한다는 것도 불가능했다. 만약 사람들이 그 동물을 포획해서 먼 곳으로 옮겼더라면 좀 더 안전해질 수도 있었을 텐데 말이다.

수년 전 사람들은 정말 이 동물을 쫓아내려 했다는 이야기가 전해진다. 사원의 사환은 역시 사원의 사환이었던 그의 할아버지가 그 이야기를 얼마나 즐겨 했는지를 기억한다고 한다. 작은 소년이었을 때 그의 할아버지는 자주 그 동물을 쫓아버리는 것이 불가능하다는 이야기를 들었다. 그래서 훌륭한 등산가였던 그는 야심에 차 어느 밝은 오전에 열린 유대인 교회당 전체에, 온 구석구석에 햇빛이 닿아 있을 때 밧줄, 새총과 갈고리 모양의 지팡이로 무장한 채 그 안으로 살금살금 들어갔다고 한다……

최후의 심판

길은 무한하다. 거기엔 떼어 낼 것도 덧붙일 것도 없다. 그런데도 누구나 자신만의 유치한 잣대로 그걸 재보려 한다. "틀림없이 너는 또 이 자의 길이만큼 길을 더 가야 한다, 그걸 잊어선 안돼."

오로지 우리의 시간 개념 때문에 우리는 최후의 심판을 그렇게 부르게 되었다, 사실 그건 즉결심판인데.

메시아의 재림

무절제한 신앙이 지닌 개인주의가 실현되는 순간 메시아는 재림할 것이다. 그 누구도 그 가능성을 없앨 수 없고, 그 누구도 파멸을 견딜 수 없을 것이며, 무덤은 열릴 것이다. 그건 어쩌면 그리스도교 교의일 수도 있는데, 메시아를 따라야 한다는 예는 교의에서 개인주의적 예를 실제로 제시하고 있는 것이다. 또한 개별 인간 안에서 중재자가 부활하는 것이 상징적으로 나타나는 것도 그렇다.

메시아는 그가 더 이상 꼭 필요하지 않아도 될 때야 비로소 재림할 것이다. 그는 그가 도착하고 하루가 지나서야 올 것이다. 그는 마지막 날에 오는 것이 아니라 가장 최후의 날에 올 것이다.

IV

•
•
•
•

이제 사이렌은 노래보다 더 무서운 무기를 가지고 있었다.

그것은 바로 그녀의 침묵이었다.

자기 인식

'너 자신을 인식하라'는 것은 '너 자신을 관찰하라'는 의미가 아니다. '너 자신을 관찰하라'는 것은 뱀의 말이었다. 그건 '너 스스로 네 행동의 주인이 되라'는 의미이다. 그 말은 그러니까 '너 자신을 부인하라! 너 자신을 파괴하라!'는 것, 즉 악한 것을 의미한다. 그리고 아주 깊숙이 몸을 숙일 때만 선한 것도 듣는다. "너를 있는 그대로의 네 모습으로 만들어라."

프로메테우스

프로메테우스에 대해서는 네 가지 전설이 전해진다.

첫 번째 전설에 따르면 그는 신의 비밀을 인간에게 누설했기 때문에 코카서스 산에 쇠사슬로 단단히 묶였다. 그리고 신은 독수리를 보내어 그의 간을 쪼아먹게 하였는데, 그의 간은 쪼아먹혀도 계속 자랐다.

두 번째 전설에 따르면 프로메테우스는 독수리의 부리가 쪼아 대는 고통 때문에 바위와 그가 하나가 될 때까지 바위 속으로 자신을 점점 깊숙이 밀어 넣었다.

세 번째 전설에 따르면 수천 년 동안에 그가 저지른 배반은 잊혀졌다. 신도 잊었고, 독수리도, 그 자신도 잊었다.

네 번째 전설에 따르면 그의 배반 사실이 근거가 없어져 버리자 사람들은 지쳤다. 신이 지치고, 독수리가 지치고, 상처도 지쳐 아물었다.

남은 것은 수수께끼 같은 바위산이었다. 전설은 그 수수께 끼를 설명하려고 한다. 전설은 진실을 근거로 생겨나는 것이 기 때문에 전설은 다시 수수께끼 속에서 끝나야 한다.

아틀라스

아틀라스는 자신이 원한다면 지구를 떨어뜨리고 몰래 도 망쳐도 된다는 생각은 할 수 있었다. 그러나 이 이상의 생각 은 그에게 허락되지 않았다.

포세이돈

    포세이돈이 작업대에 앉아서 계산을 하고 있었다. 하천을 관할하는 행정당국은 그에게 끝없이 일거리를 주었다. 그는 원하는 만큼 조수를 얻을 수 있었을 테고, 또 조수도 물론 엄청 많을 것이다. 그러나 그는 자신의 임무를 매우 진지하게 받아들였기 때문에 모든 걸 다시 철저히 계산했고 조수들은 거의 도움이 되지 못했다. 일이 그를 즐겁게 만들었다고는 말할 수 없다. 다만 그 일을 떠맡았기 때문에 할 뿐이었다. 그는 그의 표현에 따르자면 이미 더 즐거울 만한 일을 '신청'했다. 그러나 사람들이 다른 일을 제안을 할 때면 지금껏 해 온 일만큼 자신에게 맞는 일은 없다는 걸 깨닫는다. 자신에게 맞을 만한 다른 일을 발견하기는 매우 어려웠다. 이를테면 그에게 어떤 특정 바다 하나를 지정해 주는 건 불가능했다. 여기서 계산하는 일이 보잘것없다는 것이 아니다. 단지 자질구레하게 신경 써야 할 것이 많다는 걸 빼면 위대한 포세이돈은 항상 군림하는 자리에 있을 수 있긴 했다. 그리고 사람들이 물 밖에 있는 일자리를 줄 때면 그는 벌써 생각만으로도 속이 메스꺼웠다. 그의 신성한 호흡은 혼란에 빠졌고 탄탄한 가슴팍은 동요했다. 그러나 사람들은 그의 불만을 실은 심각하게 받아들이지 않았다. 본디 강한 자가 고통스러워한다면 아무리 가망이 없어도 겉으로라도 그가 원하는 걸 들어주려고 하는 것이 인지상정이다. 그런데도 아무도 포세이돈이 자신의 일을 그만둘 거라고 생각하지 않는다. 태초부터 그는 바다의 신으로 정해져 있었고, 그렇게 있어야 하기 때문이다.

그는 자주 화를 냈다. 그리고 자신이 하는 일에 대해 만족하지 못하게 된 가장 큰 이유가 되었다. 이를테면 그가 삼지창을 들고 끊임없이 밀려오는 파도를 타고 달린다는 둥, 사람들이 자신을 어떻게 생각하는지 들을 적마다 그는 화를 냈다. 그럼에도 그는 여기 대양의 심연에 앉아 부단히 계산을 한다. 가끔 제우스에게 가는 것이 단조로움을 깨뜨리는 유일한 휴식이었지만, 거기 갔다가 그는 대부분 화를 내며 돌아

왔다. 그래서 그는 바다를 거의 보지 못했다. 올림포스 산으로 급히 올라갈 때나 잠깐 볼 뿐 정말 단 한 번도 바다를 건너 횡단해 보지 못했다. 그는 자신이 세계가 몰락할 때까지 기다리고 있으며 그때면 아마 자신에게도 조용한 여유가 생길 것이라 버릇처럼 말했다. 종말 직전에야 마지막 계산을 검토하고 나서 빨리 소소하게나마 일주 여행을 할 수 있을 것이라고 말이다.

포세이돈은 그의 바다에 넌더리가 났다. 삼지창은 그의 손에서 빠져 떨어졌다. 조용히 그는 암벽이 있는 해안가에 앉았고 그 순간을 귀먹게 만드는 갈매기는 그의 머리 주변을 왔다갔다 돌고 있었다.

사이렌

이들은 밤의 유혹적인 목소리이다. 사이렌들 또한 그렇게 노래를 불렀다. 하지만 그들이 유혹하려 한다고 여긴다면 그건 오산이다. 그들은 자신들이 맹수의 발톱과 아이를 가질 수 없는 자궁을 갖고 있다는 걸 알고 있었다. 그리고 이런 사실을 울부짖으며 애통해 했다. 그들은 자신들이 애통해 하는 소리가 그토록 아름답게 울리는 데 대해서는 어찌할 도리가 없었다.

사이렌의 침묵

부적절하며 심지어는 유치한 방법이 위험에서 구하는 데 도움이 될 수 있다는 것에 대한 증명.

사이렌으로부터 자신을 지키기 위해 오디세우스는 귀를 밀랍으로 틀어막고 자신을 돛대에 단단히 묶게 했다. 저 멀리서 이미 사이렌에 유혹당한 사람들을 빼면 옛날부터 여행길에 오른 모든 이들은 물론 그와 비슷한 걸 했을지도 모른다. 그러나 이것이 아무 도움도 될 수 없었다는 것은 온 세상에 알려져 있었다. 사이렌의 노래는 모든 것을 다 뚫고 들어갔고, 유혹당한 이의 격정은 사슬이나 돛대보다 더한 것도 부숴 버렸을지도 모른다. 그러나 오디세우스는 그런 이야기를 들었을 텐데도 밀랍이나 사슬이 도움이 안 된다고 생각하지는 않았다. 그는 밀랍 한 줌과 사슬 한 묶음을 완전히 믿었다. 그리고 자신이 지닌 보잘것없는 도구에 대해 순수하게 기

뻐하면서 사이렌을 향해 갔다.

그러나 이제 사이렌은 노래보다 더 무서운 무기를 가지고 있었다. 그것은 바로 그녀의 침묵이었다. 그런 일이 일어난 적은 없지만, 아마 누군가 그녀의 노래로 구원을 받았을지 언정 침묵으로는 구원받지 못했을 거라 생각해 볼 수 있다. 자신의 힘으로 그녀를 이겼다는 느낌, 그로부터 나온 모든 것을 쓸어버릴 정도의 자만심에는 지상 그 무엇도 맞설 수 없다.

그리고 사실 오디세우스가 왔을 때 그 무시무시한 가수들은 노래를 부르지 않았다. 그들이 이 적에게는 오직 침묵으로 해를 가할 수 있을 것이라고 믿은 건지, 밀랍과 사슬 외에는 아무것도 생각하지 않는 오디세우스의 행복에 겨운 얼굴 때문에 그들이 모든 노래를 잊어버렸는지 알 수는 없다.

그러나 오디세우스는 실은 그들의 침묵을 알지 못했다. 그는 그들은 노래를 부르지만 자신은 보호 장비 덕택에 그 노래가 들리지 않는 거라고 믿었다. 그는 먼저 그들이 고개 돌리고 깊이 호흡하는 것, 눈물로 그렁그렁한 눈과 반쯤 열린 입을 스쳐가며 보았다. 그는 그것이 소리 없이 자신의 주위를 감돌며 사라지는 아리아의 일부라 믿었다. 그러나 곧 모든 것은 그의 먼 곳을 향한 시선에서 미끄러져 사라져 버렸다. 사이렌들은 정말로 그의 단호함 앞에서 사라져 버렸다. 그가 바로 가까이에 갔을 때, 그는 그들에 대해 더 이상 아무 것도 알 수 없었다.

그러나 그들은 그 어느 때보다도 더 아름답게 몸을 펴고 빙글빙글 돌고 있었다. 그들은 그 섬뜩한 머리카락을 바람결에 나부끼며 바위 위에 드러낸 발톱에 힘을 주고 있었다. 그들은 더 이상 유혹하려 하지 않았다. 오로지 그들은 오디세우스의 커다란 두 눈이 반사하는 빛을 가능한 오랫동안 붙잡으려 했다.

사이렌들이 의식을 가지고 있었더라면 그때 파멸했을지도 모른다. 그러나 그들은 지금껏 그래 왔던 것처럼 그대로 머물러 있었다. 단지 오디세우스만이 그들로부터 벗어났다.

그 이외에도 이를 보충하는 이야기 하나가 전해 내려오고 있다. 오디세우스는 워낙 꾀가 많아 운명의 여신조차 그의 속을 꿰뚫어볼 수 없을 만큼 여우 같은 사람이었다고 한다. 그건 인간의 이해력으로는 전혀 알 수 없는 것이긴 하지만,

어쩌면 그는 사이렌들이 침묵했었다는 것을 사실은 알아차렸을 것이다. 그래서 그는 사이렌과 신들에게 일종의 방패로서, 앞서 이야기했던 별것 안 되는 도구로 가장하여 방어했을지도 모른다.

알렉산더 대왕

　이런 것도 생각해 볼 수 있을 것이다. 알렉산더 대왕은 유년기 때 전쟁에서 승리했지만, 또 최상의 군대를 훈련시켰지만, 세상을 바꿀 만한 힘을 가슴속에서 느꼈지만, 헬레스폰트 해협 앞에서는 멈춰 서서 결국 건너지 않았을 것이다. 이는 두려움이나 망설임 때문도, 의지가 약해서도 아니라 그의 육체가 가진 무게 때문이었다.

디오게네스

나라면 원 세 개를 상상해 볼 거야. 가장 안쪽에 있는 원이 A, 그다음이 B, 그다음이 C지. 중심인 A는 B에게 왜 이 사람은 스스로 고통스러워하고 불신해야만 하는지, 왜 그는 포기해야만 하는지, 왜 그가 살아서는 안되는지 설명해 줘(예를 들어 디오게네스는 이런 의미에서는 많이 아팠던 건 아닐까? 우리 중 누가 알렉산더 대왕의 빛나는 눈빛 아래 있으면서 행복하지 않을 수 있을까? 그러나 디오게네스는 절망해서는 그에게 햇빛을 막아서지 말라고 부탁했지. 그 통나무 통에는 유령이 꽉 차 있었어). 활동적인 사람인 C에게는 아무런 설명이 없었어. 그는 일방적으로 B에게 짜증 나는 명령을 받았을 뿐이야. C는 극심한 압박 속에서, 그러나 더한 불안 속에서 일했지. 그 불안은 이해할 수 없을 정도였어. A가 B에게 모든 걸 설명했고 B는 모든 걸 바로 이해했다고 그는 믿지. 그는 그렇게 생각하지.

신임 변호사

우리에게는 신임 변호사 부체팔루스 박사가 있다. 이젠 그의 외모는 마케도니아 알렉산더 대왕의 군마였던 시절을 거의 연상시키지 않는다. 그 일을 잘 알고 있는 사람이라면 뭔가 더 감지할 수 있을 것이다. 최근 나는 심지어는 경마 레이스를 즐기는 평범한 사람의 안목을 가진, 그 단순한 재판소 직원마저도 그 변호사에게 환호하는 걸 옥외 계단에서 보았다. 그건 그가 허벅다리를 처들고 소리를 울려 대며 대리석 계단을 한 계단 한 계단 오르고 있었을 때였다.

대체로 변호사단은 부체팔루스를 받아들이는 데 동의한다. 부체팔루스는 오늘날 사회 질서 속에서 어려운 상황에 처해 있고, 그런 이유로, 또한 그가 지닌 세계사적 가치 때문에 어찌 됐건 동의를 얻게 되었다는 기막힌 통찰로 스스로에게 말한다. 부인할 수 없겠지만 오늘날 알렉산더 대왕은 없다. 물론 많은 이들이 사람을 죽이는 것이 무엇인지는 안다. 연회석상 위로 창을 날려 친구를 맞추는 재주도 없지는 않다. 많은 이들에게 마케도니아는 아버지 필립을 저주할 정도로 너무 좁다. 그러나 누구도, 정작 그 누구도 인도로 가지는 못한다. 이미 당시에도 인도의 문은 도달하기 어려웠지만 그 방향은 왕의 검이 가리키고 있었다. 오늘날 성문들은 전혀 다른 쪽을 향하며 더 멀고 더 높은 곳에 있다. 그러나 아무도 그 방향을 가리켜 주지 않는다. 검을 가진 이는 많다. 그러나 그것은 휘두르기 위해서일 뿐이며 그 칼끝을 뒤쫓으려는 시선은 혼란스럽기만 하다.

아마 그 때문에야말로 부체팔루스가 한 것처럼 법전에만 몰두하는 것이 사실 최선일지도 모른다. 그는 기병의 엉덩이에 짓눌리지 않은 채 조용한 등불 아래서, 알렉산더 대왕 전투의 굉음으로부터 멀리 떨어져 유유히 고서를 읽으며 책장을 넘기고 있다.

V

•
•
•
•

"왜냐하면 이 입구는 오로지 너만을 위한 것이거든.

나는 이제 가서 그 문을 닫을 거야."

어느 도시의 건설

　몇 사람이 나에게 와서는 그들을 위한 도시를 지어 달라고 부탁했다. 나는 그들이 너무 소수이고, 집 한 채면 그들을 위한 공간은 충분하기 때문에 그들을 위한 도시를 짓지 않을 거라 말했다. 그러나 그들은 다른 사람들이 더 올 수도 있고, 그들 중에는 아이를 낳으려는 부부도 있다고 했다. 또 도시는 한번에 짓는 것이 아니라 우선 대략적인 구상부터 정하고 점차적으로 작업이 이루어져야 한다고 말했다. 나는 그들이 어디에 도시를 세우기를 원하는지 물었고, 그들은 내게 그 장소를 곧 보여주겠다고 말했다. 우리는 강을 따라 걸었는데 꽤 높고 넓은 언덕이 나올 때까지 갔다. 언덕은 강을 향해 가파르게 솟아 있으면서도 부드럽게 평지를 이루고 있었다. 그들은 그 위에 도시를 세우고 싶었었다고 말했다. 그곳엔 성긴 수풀뿐 나무도 없었다. 그건 마음에 들었다. 그러나 강을 향한 경사는 너무 가파른 것처럼 보였고 나는 그들에게 이 경사에 대해 주의시켰다. 그러나 그들은 그건 해가 될게 전혀 없다고 했다. 도시는 다른 절벽까지 확장될 것이고, 물 쪽으로 접근할 수 있는 다른 방법은 충분하다는 것이다. 게다가 시간이 흐름에 따라 그 가파른 경사를 어떻게든 극복할 수 있는 방법을 아마 찾게 될 것이라 했다. 어쨌든 이곳에 도시를 건설하는 데 장애는 없다는 것이다. 또 그들은 젊고 강하기 때문에 곧 내게 보여줄 경사도 가볍게 오를 수 있다고 했다. 그들은 마치 도마뱀처럼 몸을 암석의 갈라진 틈 사이로 이리저리 움직여 곧 그 위로 올라갔다. 나도 그 위로 올라가 왜 꼭 여기에 도시를 짓고 싶어 했는지 물었다. 그곳은 딱히 방어에 적합한 곳으로는 보이지 않았다. 자연적 방어란 강변에 있다는 게 전부였다. 그런데 이곳에 방어란 거의 필요 없는 것이었다. 오히려 이곳은 자유롭고 쉽게 오가길 원하는 사람에게 적절할 법했다. 무엇보다도 고지대는 다른 모든 방향에서 쉽게 접근할 수 있었고, 또 매우 넓었기 때문에 방어하기 어려웠다. 그 밖에도 그 위의 땅이 수확력이 있는지 여부도 아직 조사되지 않았고, 아래쪽 땅에 의존한 채 운송만을 바란다는 것은 도시에 있어 항상 위태로운 일이었다. 특히 불안정한 시기에는 말이다. 또한 그 위에서 충분한 식수를 구할 수 있을지도 아직 불확실했다. 사람들에 내게 보여준 작은 샘은 신뢰가 가지 않았다. "넌 피곤해 하고 있어." 그들 중 한 명이 말했다. "넌 도시를 짓고 싶지 않은 거야." "난 피곤해." 나는 말했다. 그리고 샘 옆에 있는 돌에 앉았다. 그들은 수건을 물에 적셔 내 얼굴을 닦아 주었고, 나는 그들에게 고맙다고 했다. 그러고 나서 나는 혼자서 고지를 한번 둘러보고 싶다고 말하고 그들 곁을 떠났다. 그건 꽤 오래 걸렸다. 내가 돌아왔을 때는 이미 어두워져 있었다. 그들은 모두 샘물가에 누워 잠들어 있었다. 가랑비가 내리고 있었다.

아침에 나는 질문을 반복했다. 그들은 내가 어떻게 저녁에 했던 질문을 아침에 반복할 수 있는지 바로 이해하지 못했다. 그러고 나서 그들은 왜 이 장소를 선택했는지에 대한 정확한 이유를 설명할 수 없다고 말했다. 이 장소를 권한 것은 그게 고대로부터 전해져 내려오기 때문이라는 것이다. 이미 조상들은 이곳에 도시를 세우려 했다고 한다. 그러나 정확하게 전해지지 않은 어떤 이유로 그들은 건설을 시작하지 않았다고 한다. 어쨌든 그들을 이 장소로 오게 한 건 아무렇게나 든 생각은 아니었다. 그럼에도 불구하고 그 장소는 한 번도 그들의 마음에 딱 든 적이 없었다. 그리고 내가 내놓은 반대 이유는 그들 역시 이미 생각한 것이었으며, 반박의 여지없이 인정한다고 한다. 그러나 그 고대 전승이 있었고, 그 전승을 따르지 않는 사람은 타도 대상이 된다는 것이다. 그 때문에 그들에게는 내가 머뭇거리며 진작 어제 도시를 건설하는 작업에 착수하지 않는 게 이해할 수 없는 일이었다.

나는 떠나기로 결심했고 강을 향해 나 있는 절벽을 내려갔다. 그러나 그들 중 한 명이 깨어나 다른 이들을 깨웠고, 그들은 절벽 가에 서 있었다. 나는 반 정도만 내려와 있었고 그들은 애원하며 나를 불렀다. 그래서 나는 돌아갔고, 그들은 나를 도와 위로 끌어당겨 주었다. 그때 나는 내가 도시를 짓겠다고 그들에게 약속했다. 그들은 매우 감사해 하며 내게 감사의 연설을 했고, 키스해 주었다.

황제의 대령

　사람들은 황제의 대령이 산속에 있는 우리 작은 마을을 통치했다는 걸 말하기 부끄러워한다. 몇 안 되는 그의 군인들은 우리가 원하면 당장 무장을 해제할 것이다. 그리고 대령이 그들을 호출해서이긴 하지만 그들은 그를 돕기 위해 갈 것이다. 그러나 어떻게 그는 그럴 수 있을까? 그건 며칠 사이도, 수주 간의 일도 아니다. 그러니까 그는 전적으로 우리의 복종에 의존해 있었는데, 난폭한 압제로 강요하거나 예의 바른 척 아양을 떨어 복종을 구하는 건 아니었다. 그럼 우리는 왜 혐오스런 통치를 참아 내나? 그건 의심의 여지가 없다. 그의 시선 때문이다. 백 년 전에는 우리 조상의 응접실이었던 그의 집무실에 가면 대령은 제복을 입고 깃털펜을 든 채 책상에 앉아 있다. 그는 격식이나 일체의 위선적 행동을 좋아하지 않기 때문에 뭔가를 계속 쓴다거나 방문객을 기다리게 하지 않는다. 오히려 당장 하던 일을 중단하고 뒤로 기대앉지만, 손에 쥔 깃털은 계속 들고 있다. 이제 그는 뒤로 기대앉은 채로 왼손은 바지주머니에 꽂은 채 방문객을 쳐다본다. 청원하러 온 이는 대령이 자신만을 쳐다보는 건 아니라는 인상을 받는다. 군중 속에서 잠깐 나타난 알 수 없는 타인이어서 대령은 그를 그렇게 빤히 오랫동안 말없이 쳐다보는 걸까. 그건 어쩌면 어떤 한 개인을 대할 때 있을 수 있는 것처럼 날카롭게 캐묻는 듯한, 꿰뚫어보는 듯한 시선도 아니었다. 오히려 그건 무심하며 흔들리면서도 계속 쳐다보는 시선이었다. 그 시선은 마치 먼 곳에 있는 수많은 사람들을 관찰하는 것 같았다. 그리고 먼 곳을 향한 시선과 함께 그는 계속해서 모호한 미소를 띠고 있는데, 그건 이젠 아이러니하며 꿈꾸는 듯한 기억처럼 보인다.

황제

어떤 남자가 황제는 신들이 지상으로 내려보냈다는 것에 대해 의심을 품었다. 그는 황제가 우리의 합법적인 군주라고 주장했다. 그가 의심을 품었던 것은 황제의 신성한 의무가 아니었다. 그건 분명했다. 그가 의심했던 것은 오로지 황제가 신성하게 지상으로 내려왔다는 것이다. 물론 이는 큰 주목을 끌지 못했다. 파도가 바위에 부딪혀 부서지면서 물 한 방울이 육지로 튈 때, 그것이 영원히 순환하는 바다의 조류를 막지는 못한다. 반대로 물방울은 바다의 조류가 만들어 낸다.

법 앞에서

"법 앞에 한 문지기가 서 있어. 이 문지기에게 한 시골 남자가 와서 법으로 들어가게 해달라고 부탁하지. 그러나 문지기는 지금은 그에게 입장을 허락할 수 없다고 말해. 그 시골 남자는 곰곰이 생각해 보고는 문지기에게 나중에는 들어갈 수 있겠냐고 물어. 문지기는 '그건 가능해. 그러나 지금은 안 돼'라고 말해. 법으로 들어가는 문은 항상 그래 왔던 것처럼 열려 있었고 문지기가 옆으로 비켜섰기 때문에 그 시골 남자는 몸을 구부려 문을 통해 그 안을 들여다보려 했어. 문지기가 그것을 알아챘을 때 그는 웃으며 이렇게 말했지. '그게 그렇게도 궁금하면 내가 금지하더라도 어디 들어가 봐. 하지만 알아둬. 난 힘이 세거든. 그리고 난 단지 최하위의 문지기에 불과해. 복도와 복도 사이에는 갈수록 더 힘이 센 문지기가 서 있지. 이미 세 번째 문지기부터 쳐다만 봐도 나조차도 견딜 수가 없어.' 그런 어려움이 있을 거라 시골 남자는 예상치 못했어. 그는 법이란 누구든 항상 접근할 수 있는 것이어야 한다고 생각했거든. 그러나 지금 모피 외투를 입은 그 문지기를, 그 큰 매부리코와 검은색의 길고 가는 타타르족 콧수염을 쳐다보고는, 차라리 들어가도 된다는 허락받을 때까지 기다리는 게 낫겠다고 결심하지. 문지기는 그에게 간이의자를 주며 문가에 앉아 있게 해. 거기서 그는 수일, 수년을 앉아 있지. 그는 들어가도 된다는 허락을 받으려고 여러 번 시도를 하기도 하고 간청하기도 하면서 문지기를 지치게 해. 문지기는 그에게 종종 간단한 질문을 해. 그의 고향에 대해서 묻기도 하고, 다른 여러 가지를 묻기도 하지. 그러나 그건 높은 지위에 있는 분들이 건네는 것과 같은 무심한 질문이고, 문지기는 항상 마지막에는 아직은 들여보내 줄 수 없다고 말해. 여정을 위해 많은 것을 준비해 온 남자는 있는 건 전부 다 써 보는데, 문지기를 매수하기 위해서는 그럴만한 가치가 있다고 생각하지. 문지기는 주는 대로 다 받으면서도 이렇게 말해. '내가 이걸 받는 건 네가 뭔가에 소홀했다고 생각하지 않게 하기 위해서일 뿐이야.' 수년 간 그 남자는 거의 한순간도 쉬지 않고 문지기를 지켜보고 있었지. 그는 다른 문지기의 존재에 대해서는 잊어버리고 이 첫 번째 문지기만 법으로 들어가는 데 유일하게 방해가 된다고 생각해. 그는 운이 따르지 않는 우연에 대해 저주를 퍼부었지. 처음 몇 년 동안은 그저 우악스럽게 큰소리로 그 우연을 저주했어. 시간이 지나 그가 늙자 그는 혼잣말로 중얼대며 투덜거릴 뿐이었지. 그는 유치해졌어. 수년 간 문지기를 연구한 결과 그의 모피 깃에 있는 벼룩까지 알아보게 되었기 때문에 그 벼룩에게까지 문지기가 마음을 돌릴 수 있게 도와달라고 부탁하지. 끝에 가서는 그의 시력이 약해졌는데, 그의 주변이 정말 어두워진 것인지 착시현상일 뿐인지 알지 못했어. 그래도 어쩌면 이젠 그 어둠 속에 한 줄기 빛이 있다는 건 알았을 거야. 그건 법의 문에서 꺼지지 않은 채 뿜어져 나오는 빛이었지. 이제 그는 더 이상 오래 살지 못해. 죽기 전 그의 머릿속에는 그 시간을 통틀어 있었던 모든 일들이 아직 문지기에게 물어보지 않은 질문 하나로 귀결되었지. 그는 문지기를 손짓해 부르는데, 굳어져 가는 몸을 이젠 더 이상 바로 일으킬 수 없어서였어. 문지기는 그에게 몸을 푹 숙여야만 했는데, 그와 키 차이가 많이 날 정도로 변했기 때문이지. 문지기는 '이제 더 뭘 알고 싶은가?'라고 물으며 '너는 욕심이 끝이 없구나' 하고 말해. 남자는 이렇게 말하지. '모두는 어쨌든 법에 따라 죽지 않소. 근데 지난 긴 세월 동안 안으로 들어가게 해 달라고 요구하는 사람은 나밖에는 없었는데, 왜 그런거요?' 문지기는 남자의 죽음이 임박했다는 걸 깨닫고는 희미해져 가는 그의 청력이 들을 수 있게 큰 소리로 말했지. '여기서는 다른 사람은 아무도 들어갈 수가 없어. 왜냐하면 이 입구는 오로지 너만을 위한 것이거든. 나는 이제 가서 그 문을 닫을 거야.'"

"그러니까 문지기가 그 남자를 속였군요". K는 곧바로 말했다. 그는 신부의 이야기에 강한 흥미를 느꼈다. "속단해선 안 돼." 신부가 말했다. "잘 모르는 것에 대해 생각해 보지도 않고 받아들여선 안 돼. 나는 문자 그대로 적혀 있는 걸 이야기한 거야. 거기엔 속였다는 내용은 전혀 없어." "하지만 그건 분명합니다." K가 말했다. "신부님의 첫 번째 해석은 매우 옳은 것이었습니다. 문지기는 그 남자에게 더 이상 도움이 안 되는 시점에서야 결정적인 말을 전달한 것이죠."

"그는 그전에는 질문을 받지 않았지." 신부가 말했다. "그가 한낱 문지기에 불과했다는 것도 염두에 두게나. 그는 문지기로서 자신의 의무를 다했을 뿐이야."

"신부님은 어째서 그가 의무를 다했다고 생각하시죠?" K가 물었다. "그는 의무를 다한 것이 아닙니다. 그의 의무란 아마 낯선 사람을 모두 막는 거였겠지요. 그러나 시골 남자를 위한 입구는 정해져 있었죠. 문지기는 그 시골 남자는 들여보내야 했습니다."

"자네는 문자 그대로의 내용에 대해서는 충분히 주의를 기울이지 않고 이야기를 바꾸고 있군." 신부가 말했다. "이야기에서 법으로 들여보내는 데 대해 문지기는 두 가지 중요한 말을 하고 있어. 하나는 시작 부분에, 또 하나는 끝 부분에 있지. 하나는 '지금은 그를 들여보낼 수 없다'는 것이고, 다른 하나는 '이 입구는 오로지 너만을 위한 것'이란 말이지. 이 둘 사이에 모순이 있다면 자네 말이 옳고 문지기가 그 남자를 속인 것일 수도 있어. 그런데 거기엔 모순이 없어. 반대로 첫 번째 설명은 두 번째 설명을 암시하기까지 해. 문지기가 그 남자에게 들어갈 수 있다는 미래의 가능성을 기대하게 한 것은 그의 의무를 넘어서는 일이라 할 수 있을 거야. 그때 그 남자를 들여보내지 않는 것만이 유일한 의무였던 것처럼 보이지. 그리고 실로 이 글을 해석하려는 많은 사람들은 문지기가 그런 암시를 한 것에 대해서 놀라네. 왜냐하면 문지기는 정확한 것을 좋아하는 것처럼 보이고, 또 그의 직무를 엄격하게 지키고 있기 때문이지. 오랜 세월 동안 그는 보초 자리를 떠난 적이 없고 완전히 마지막에 가서야 문을 닫아. 그는 자기 임무의 중요성에 대해 매우 잘 알고 있어. 그는 '난 힘이 세지'라고 말하기 때문이지. 또 그는 상급 문지기들에 대한 경외심을 가지고 있어. '나는 말단 문지기에 불과하다'고 말하기 때문이지. 그는 말이 많은 것도 아니야. 오랜 세월 동안 '무관심한 질문'만 할 뿐이야. 그는 돈으로 매수할 수 있는 인물도 아니지. 선물에 대해 '내가 이걸 받는 건 다만 네가 뭔가를 소홀히 했다는 생각을 하지 않도록 하기 위해서야'라고 말하거든. 그는 임무 수행에 있어서는 마음을 움직이지도, 간청을 들어주지도 않아. '그는 간청으로 문지기를 지치게 했다'라고 나오거든. 마지막으로 뾰족한 코, 길고 숱이 적은 타타르풍 검은 수염의 외모도 융통성 없는 그의 성격을 암시하지. 이보다 더 임무에 충실한 문지기가 있을까? 그런데 이 문지기의 특성에는 다른 것들도 섞이지. 이는 입장을 요구하는 대목에서 매우 잘 드러나지. 또 미래에는 들어갈 수 있다는 가능성을 내비치는 데서 그는 자신의 임무를 넘어서고 있다는 걸 알 수 있어. 즉 그가 좀 단순하며, 또 그 연결선상에서 좀 거만한 인물이라는 걸 부정할 수 없겠지. 자신의 힘과 다른 문지기들의 힘, 그리고 심지어는 그 자신조차도 견디기 힘든 시선에 대해 그가 한 말에도 말이야. 내 말은, 모든 말이 그 자체로는 옳다 하더라도 그가 이런 발언을 하는 방식에서 단순함과 자만심 때문에 자신의 이해력이 흐려졌다는 걸 보여준다는 거야. 이에 대해 해석자들은 '같은 사건을 올바로 이해하는 것과 잘못 이해하는 것이 완전히 이율배반적인 것은 아니다'라고 말하지. 그러나 어쨌든 그런 단순함과 자만심을 쉽게 드러낼 수는 있겠지만 입구를 지키는 임무를 약화시킬 수 있어. 그게 바로 문지기가 성격상 가진 허점이지. 또 문지기는 천성적으로 친절한 것처럼 보이네. 항상 철저하게 공무를 수행하는 사람은 아니지. 처음 순간부터 그는 엄연히 금지되어 있는데도 시골 남자에게 농

담하듯이 들어가 보라고 권하지. 그러고 나서 그 남자를 어디론가 쫓아버리지 않고 오히려 자리를 내주지. 이야기한 것처럼 그는 의자를 내주며 문가에 앉아 있게 하지. 긴 세월 내내 시골 남자의 집요한 부탁을 견디는 인내심, 간단한 심문, 선물 받는 것, 그리고 그곳에 문지기를 세워둔 불행한 운명에 대해 시골 남자가 옆에서 큰 소리로 저주해도 그냥 받아들이는 초연한 자세. 이 모든 것은 결국 동정심에서 일어난 것이라 결론지을 수 있지. 모든 문지기가 그렇게 행동하지는 않았을 테니까. 마지막에 그는 시골 남자의 눈짓에 그에게 몸을 숙여 마지막 질문을 할 기회를 주지. 문지기는 모든 게 다 끝났다는 걸 알고 있었어. 참을성이 모자란 탓에 그는 '너는 욕심이 끝이 없구나'라고 말하지. 어떤 사람들은 이런 식의 해석에서 한걸음 더 나아가 '너는 욕심이 끝이 없구나'라는 말이 일종의 친근한 감탄과 같은 것이라 표현하기도 하지. 물론 비하적이지 않다는 건 아니지만. 어쨌든 문지기라는 인물은 자네가 생각하는 것과 거리가 멀어."

"신부님은 이 이야기를 저보다 정확하게 알고 계시죠. 더 오래전부터요." K가 말했다. 두 사람은 잠시 말이 없었다. 그러다 K가 말했다. "그러니까 신부님은 시골 남자가 속은 게 아니라고 생각하시나요?"

"날 오해하지 말게." 신부가 말했다. "난 그 이야기에 대한 기존의 생각을 자네에게 제시할 뿐이야. 그 생각에 대해 너무 신경을 쓸 필요는 없어. 남겨진 이야기에는 변함이 없고, 이 이야기에 대한 생각이란 때론 그저 절망을 표현하는 것일 뿐이야. 이 경우엔 심지어 문지기야말로 기만을 당한 자라는 생각도 있지."

"그건 너무 지나친데요." K가 말했다. "무슨 근거죠?"

"근거라면," 신부는 대답했다. "문지기의 단순한 성격이지. 그는 법의 내부에 대해서는 모르고 계속 돌아볼 뿐인 입구 앞의 길만 알고 있을 뿐이야. 그가 내부에 대해 상상한 것도 유치한 정도라 할 수 있지. 그리고 시골 남자에게 두려움을 주려고 했던 걸 스스로 두려워하고 있다 할 수 있어. 그래, 문지기는 시골 남자보다 더 두려워하고 있지. 왜냐하면 이 시골 남자는 내부의 무서운 문지기들에 대한 얘기를 듣고도 들어가려 하는데, 그 반대로 문지기는 들어가려고도 하지 않기 때문이야. 적어도 거기에 대해서 알 수 있는 게 없어. 다른 사람들은 물론 문지기가 분명 내부에 들어가 본 적이 있을 거라 말하지. 왜냐하면 그는 법에 대한 임무를 지도록 영입되었고, 그런 일은 내부에서만 일어날 수 있기 때문이라는 거야. 이 생각에 대해서는 이렇게 대답할 수 있지. 그가 내부의 부름을 받아 문지기로 임명되었다 하더라도 내부로 깊이 들어가 보지는 못했을 거라는 거야. 왜냐면 세 번째 문지기를 보는 것만 해도 견디기 힘들어 하니까. 게다가 오랜 세월 동안 그가 다른 문지기들에 대해 언급한 것 말고는 내부에 대해 이야기했다는 내용이 없어. 그런 얘기를 하는 것이 금기일 수도 있지만, 금기 대해서 그가 얘기한 것도 없어. 이 모든 이야기를 종합해 보면 문지기는 내부의 모습이나 그 의미에 대해 아는 게 전혀 없고 그것에 대해 잘못 알고 있다고 할 수 있어. 그런데 또 그가 시골 남자에 대해서도 잘못 알고 있다는 생각이 있어. 그는 시골 남자보다 낮은 위치에 있으면서 그걸 모르고 있기 때문이지. 그가 시골 남자를 자기보다 낮은 사람으로 대한다는 건 여러 대목에서 알 수 있어, 자네는 그걸 아직 기억할 거야. 그러나 이 견해에 따르면 그가 실제로 시골 남자보다 낮은 위치에 있다는 것도 분명히 드러난다는 거야. 무엇보다도 자유로운 사람이 매여 있는 사람보다는 높은 위치에 있으니까. 실제로 자유로운 건 시골 남자인 거지. 그는 원하는 곳에 갈 수 있어. 단지 법 안으로 들어가는 것만이 금지되어 있지. 그것도 딱 한 사람, 문지기에게만 금지당하지. 시골 남자가 문가에 있는 의자에 앉은 채로 평생을 거기 있으려 한다면 그건 자유의지에 따른 거지. 이야기에서 이게 강요 때문이라는 말은 없어. 반면 문지기는 자신의 직무 때문에 그 자리에 묶여 있어. 그는 밖으로 나갈 수도 없고, 또 그가 아무리 원한다 해도 아마 안으로도 들어갈 수 없을 거야. 그 밖에도 그가 비록 법에 대한 직무를 지고 있지만 그건 이 입구만을 위한 것이지. 그러니까 그는 그 입구로 들어가게끔 정해진 그 남자만을 위해 일하고 있을 뿐이야. 이런 이유에서 문지기는 시골 남자보다 낮은 위치에 있지. 그는 오랜 세월 동안, 한 인간의 전성기 내내 어떤 의미에서는 헛된 일을 했다고 할 수 있어. 왜냐하면 이야기에서 한 남자가 온다고 하고 있거든. 전성기에 있는 어떤 사람이 말이야. 그리고 문지기가 오히려 자신의 목적을 달성하기 위해 오랫동안 기다려야 했다고 되어 있어. 게다가 그저 자유의지로 온 시골 남자가 원하는 만큼 오랫동안 기다려야만 했어. 그 직무의 끝이라는 것도 시골 남자가 죽어야 오는 거지. 그러니까 그는 끝까지 시골 남자보다 낮은 위치에 있는 거야. 그리고 이 모든 것에 대해 문지기가 아무것도 모르고 있는 것처럼 보인다는 게 계속해서 강조되고 있어. 그러나 그 점에 대해 뭔가 눈에 띄게 나타나는 것도 전혀 없어. 왜냐하면 이 생각에 따르면 문지기가 훨씬 더 심각한 기만 상태에 있다는 거야. 그건 그의 직무와 관계된 것이지. 마지막에 그는 입구에 대해 언급하며 '난 이제 가서 그 문을 닫을 거야'라고 말해. 그러나 이야기의 시작에서 법으로 들어가는 문은 항상 열려 있다고 되어 있어. 항상이란 말은 법으로 들어가도록 정해져 있는 남자가 얼마나 오래 살 건지와는 무관하다는 얘기지. 그러니 그 문이 항상 열려 있다면 문지기 역시 그 문을 닫을 수 없게 되겠지. 문지기가 문을 닫겠다고 알린 것에 대해선 의견이 분분해. 그건 그냥 대답을 한 것이다, 직무상의 의무를 강조한 것이다, 혹은 마지막 순간 시골 남자가 후회와 슬픔에 빠지게 만들려는 것이다, 등등 말이야. 그러나 문지기가 그 문을 닫을 수 없을 것이라는 데 있어서는 많은 사람들의 의견이 일치하지. 그 사람들은 끝부분만 봐도, 심지어 문지기가 지식에 있어서도 시골 남자보다 열등하다고 생각해. 왜냐하면 시골 남자는 법의 입구에서 뿜어져 나오는 광채를 보는 반면, 문지기는 아마 문을 등지고 서 있을 것이기 때문이야. 그리고 그가 어떤 변화를 알아챘다는 걸 확인시켜 줄 만한 표현이 없어."

"그거 설득력 있군요." 신부가 말한 내용을 한 구절씩 낮은 소리로 혼잣말로 되뇌다 K가 말했다. "설득력이 있어요. 저도 이젠 문지기가 속았다고 생각해요. 하지만 제 원래 생각에서 완전히 벗어난 건 아니에요. 왜냐하면 그 두 가지는 부분적으로는 일치하기 때문이죠. 문지기가 정확히 본 건지, 속았는지는 결정적인 문제는 아니에요. 저는 시골 남자가 속은 거라 말했지요. 만약 문지기가 정확히 본 거라면 제 생각을 의심해 볼 수도 있겠죠. 하지만 문지기가 속은 거라면 그의 착각은 필연적으로 시골 남자에게로 전해지게 되죠. 그렇다면 문지기는 사기꾼은 아니지만 너무 단순하기 때문에 직책에서 당장 쫓겨나야 할 겁니다. 신부님께서는 문지기가 빠져 있는 망상이 자신에게는 아무런 해를 주지 않지만, 시골 남자에게는 엄청난 해를 끼친다는 점을 것도 염두에 두서야 할 겁니다."

"이 대목에서 자네는 반대에 부딪히게 되지." 신부가 말했다. "어떤 사람들은 이 이야기에 대해 누구도 문지기에 대해 판단할 권리는 없다고 말하네. 우리 눈에 어떻게 보이든 간에 문지기는 법에 종사하는 사람이야. 따라서 그는 법에 속하며 인간적인 판단 범위에서 벗어나 있는 거지. 또 문지기가 시골 남자보다 열등한 위치에 있다고 생각해서도 안 돼. 자신의 직책 때문에 법의 입구에만 매여 있다는 것은 세상에서 그냥 자유롭게 사는 것과는 비교할 수 없을 정도로 엄청난 일이지. 시골 남자가 비로소 법에 들어가려고 올 때, 문지기는 벌써 거기에 있는 거야. 문지기는 법에 의해 그 직책을 맡게 된 것이며, 그의 존재 가치를 의심하는 건 법을 의심하는 것과 같지."

"그 의견에는 동의할 수 없어요." 고개를 흔들며 K가 말했다. "그 의견에 동의한다면 문지기가 말한 것은 모두 진실이라고 생각해야 하기 때문이죠. 그러나 그것이 불가능한 이유는 신부님께서 이미 스스로 자세하게 설명해 주셨어요."

"아니." 신부가 말했다. "모든 게 진실이라고 생각해서는 안돼. 다만 필연적이라 생각해야 하지." "우울한 생각이네요." K가 말했다. "허위가 세계의 질서가 되는 거군요."

법에 대한 물음

우리의 법은 일반적으로 알려져 있지 않다. 그것은 우리를 지배하고 있는 소수 귀족 계급의 비밀이다. 우리는 이 오래된 법이 정확히 지켜지고 있다고 확신하지만, 알지도 못하는 법에 지배당하고 있다는 것은 매우 괴로운 일이다. 만약 민중 전체가 아니라 한 개인만이 법을 해석하는 데 관여하도록 되어 있다면, 나는 여기서 법이 다양하게 해석될 수도 있다는 것, 또 독단적 해석에서 생겨 나는 손실에 대해서는 생각하지 않겠다. 그 손실은 어쩌면 전혀 큰 것이 아닐 수도 있다. 법은 정말 오래된 것으로 수백 년 간 법에 대한 해석이 이루어졌다. 또 이 해석까지도 아마 이미 법이 되었을 것이다. 법을 해석할 수 있는 자유는 여전히 존재하지만 매우 제한되어 있다. 그 밖에도 귀족이 자신의 개인적인 관심사대로 법을 해석해서 우리에게 불리한 영향을 줄 이유는 분명히 없다.

왜냐하면 법이란 처음부터 귀족을 위해 정해졌기 때문이다. 귀족은 법 밖에 서 있으며, 바로 그 때문에 법은 전적으로 귀족의 손에 쥐어진 것처럼 보인다. 물론 법에는 지혜가 들어 있다. 누가 오랜 법이 가진 지혜를 의심하겠는가? 그러나 어쩌면 법은 우리가 가까이 접근할 수 없는 것이기에 고통스러운 것이기도 하다.

그건 그렇고, 실은 이런 가상의 법이라는 것에 대해서도 사람들은 추측할 수 있을 뿐이다. 이런 법이 있다는 것, 그리고 그것이 비밀로서 귀족에게 맡겨져 있다는 것은 하나의 전통이다. 하지만 그것이 오래되었기 때문에, 그 나이 때문에 믿을 만한 전통이라는 것 이상은 아니며 또 그럴 수도 없다. 왜냐하면 이 법의 성격은 그것이 존재한다는 것마저 비밀로 요구하고 있기 때문이다. 만약 우리 민중이 태고부터 귀족들의 행동을 빈틈없이 추적하며 거기에 대한 우리 선조들의 기록을 가지고 있고, 또 그 기록을 우리가 계속 양심적으로 써나가며 이런저런 역사적 결정을 내리게 한 수많은 사실 속에서 어떤 원칙을 깨닫게 될 것이라 생각한다고 가정해 보자. 우리가 이렇게 정말 신중하게 엄선하고 정리한 결론에 따라

현재와 미래에 순응해 보려 할 때, 그러나 이 모든 것은 불확실하게 다가오며 어쩌면 이성을 가지고 이리저리 놀아 본 정도로 보일 것이다. 왜냐하면 우리가 여기서 알아내려고 애쓰고 있는 이 법이 어쩌면 전혀 존재하지 않을지도 모르기 때문이다. 실제로 이러한 의견에 동의하는 작은 집단이 있는데, 이들은 만약 법이라는 게 있다면 귀족이 행하는 것이 법이라는 걸 의미할 뿐이라는 것을 증명하려 시도한다. 이 집단은 귀족들의 횡포만을 보고 민중의 전통을 비난한다. 그들에 따르면 이 전통은 극히 드물게 우연한 이익을 주는 반면 대부분은 손실을 입히는데, 향후 다가올 사건에 대해 경솔하게 만드는 잘못되고 거짓된 확신을 민중에게 주기 때문이다. 이런 손실은 부정할 수 없음에도 우리 민중의 압도적 다수는 그 원인이 다음과 같다고 본다. 전통은 아직 현저히 부족하고 그렇기에 훨씬 더 많이 연구되어야 하며, 그 소재 역시 많아 보이지만 아직 너무 적어서 그것이 충분해지기까지 수백 년이 걸릴 수밖에 없다. 언젠가는 전통과 그 연구가 어느 정도 한숨 돌릴 만큼 이루어지고, 모든 것이 분명해지며, 법은 민중의 것이 되고 귀족이 사라지는 때가 오리라는 믿음만

이 이런 관점에서 오는 우울한 현재를 밝혀 준다. 귀족을 미워해서 이런 말이 나온 것은 아니다. 그건 결코 아니며 아무도 그런 말을 하지 않았다. 오히려 우리는 우리 스스로를 미워한다. 왜냐하면 법의 가치가 아직 우리에게 인정되지 않았기 때문이다. 그렇기 때문에 실은 애초의 법을 믿지 않는 저들은 어떤 의미에서는 솔깃할 만한 집단이다. 그러면서도 그들은 귀족과 법이 존재할 권리를 완전히 인정하고 있기 때문에 그렇게 소수로 남아 있다.

실로 일종의 모순 속에서만 그것을 표현할 수 있다. 법을 믿는 동시에 귀족을 비난하는 어떤 집단이 있다면 곧 온 민중의 지지를 얻을 것이다. 그러나 그런 집단은 생겨날 수 없다. 왜냐하면 감히 귀족을 비난하려는 사람은 아무도 없기 때문이다. 이렇듯 우리는 칼날 위에 살고 있는 것이다. 이를 어느 작가는 언젠가 다음처럼 요약했다: 우리에게 부여된 유일한 법은, 눈에 보이며 의심의 여지가 없는 그 유일한 법은 귀족이다. 우리는 스스로에게서 그 유일한 법을 빼앗아야 할까?

거절

우리의 작은 도시는 국경 근처에 있지 않다. 전혀 아니다. 이 도시의 그 누구도 어쩌면 가 본 적이 없을 정도로 국경까지는 멀다. 황량한 고지대를 가로질러야 하고, 또 비옥한 평원 역시 지나가야 한다. 그 길의 일부를 상상해도 지치게 되어 일부 이상은 전혀 상상할 수가 없다. 또 가는 길에는 큰 도시도 있는데 우리 도시보다 훨씬 크다. 그런 작은 열 개의 도시가 나란히 있고, 고지대에도 그런 작은 열 개의 도시가 억지로 떠밀려 들어가 있다. 그러나 아직까지는 이런 거대하고 조밀한 도시가 형성된 건 아니다. 거기로 가는 중에 길을 잃어버리지 않는다면 분명히 그 도시들에서는 길을 잃게 되어 있다. 그리고 도시의 어마어마한 크기 때문에 그 도시들을 피해 간다는 건 불가능하다.

그러나 국경보다 더 먼 것은─그런 거리를 비교할 수 있다면 말이다 — 그 비교라는 건 마치 삼백 살 먹은 사람이 이백 살 먹은 사람보다 더 나이가 많다고 말하는 것과 같다. 어쨌거나 국경보다 훨씬 더 먼 것은 우리의 작은 도시로부터 수도까지 거리이다. 우리는 국경에서 벌어지는 전쟁에 대해 여기저기서 전해 듣는 반면 수도에 대한 것은 거의 아무것도 듣지 못한다. 우리 시민들이 그렇다는 말이다. 왜냐하면 정부 관리들은 당연히 수도와 관계도 매우 좋고, 두세 달이면 거기에서 온 소식을 들을 수 있기 때문이다. 적어도 그들은 그렇게 주장한다.

그러니 이제 보면 참 이상한 점이 있다. 어떻게 우리가 우리의 이 작은 도시에서 수도에서 명령한 모든 걸 이렇게도 조용히 따르고 있는지 나는 계속해서 다시금 놀라게 된다. 수백 년 전부터 우리에게는 시민들 스스로 일으킨 정치적 변화가 없었다. 수도에서는 높은 군주들이 교체되었다. 심지어는 왕조가 사라져 버리거나 맥이 끊겼고 새로운 왕조가 또다시 시작되었다. 지난 백 년 동안에는 수도 자체가 파괴되어 거기서 먼 곳에 새로운 수도가 세워졌다. 나중에는 또 새로운 수도가 파괴되고 옛 수도가 다시 복원되었는데, 우리의 작은 도시는 아무런 영향도 받지 않았다. 우리 관료들은 지위에 대해 항상 신경 썼다. 가장 높은 지위의 공무원은 수도에서 왔고, 중간 지위의 공무원들은 적어도 외부에서 왔으며, 가장 낮은 지위의 공무원들은 우리들 중에서 나왔다. 언제나 그러했고 또 그걸로 우리는 만족했다. 가장 높은 공무원은 수석 징세관으로 대령급 신분이었고, 사람들은 그를 대령이라 불렀다. 이제 그는 노인이 되었다. 나는 그를 이미 오래전부터 알고 있었다. 왜냐하면 이미 나의 어린 시절부터 대령이었기 때문이다. 그는 처음에는 매우 빨리 출세했다. 그러고 나서는 출세길이 막힌 것처럼 보였고 그의 지위는 이제 우리의 작은 도시 정도에 충분한 것이 되었다. 더 높은 지위는 우리가 수용할 수 없을 것이다. 내가 그에 대해 생각하려하면 시장광장에 있는 집 베란다에서 그가 앉아 있는 모습이 떠오른다. 그는 입에 파이프를 물고 뒤로 기대어 누워 있다. 그 위로 지붕에는 제국의 국기가 나부끼고 있다. 베란다 옆쪽은 가끔 소규모의 군사 훈련도 할 만큼 넓은데, 빨래를 말리기 위해 널어 놓았다. 예쁜 비단옷을 입은 그의 손자들은 그의 주위를 돌며 놀고 있다. 이 아이들은 시장광장으로 내려가서는 안된다. 다른 아이들은 그 아이들에게 어울리지 않지만 광장에 끌려 난간 창살 사이로 최소한 머리라도 내밀어 본다. 그리고 다른 아이들이 밑에서 서로 싸우면 이 아이들은 위에서 함께 싸운다.

그러니까 이 대령이 도시를 지배하고 있는 것이다. 나는 그가 그럴 자격이 있다는 증명 서류를 보여준 사람은 아직 아무도 없다고 생각한다. 어쩌면 그런 서류 자체가 없을 수도 있다. 그러나 그게 전부일까? 그건 그가 행정 일반을 지배할 수 있는 권한도 줄까? 그의 직무는 국가를 위해 매우 중요하다. 그러나 그건 시민을 위해 가장 중요한 것은 아니다. 우리 도시에서는 사람들이 거의 이렇게 말하는 것과 같은 인상을 받게 된다. "이제 당신은 우리가 가지고 있던 걸 모두 다 가져갔지. 제발 우리도 좀 데리고 가 줘." 왜냐하면 실제로 그는 자신이 통치권을 빼앗은 것도 아니었고, 폭군도 아니었기 때문이다. 예로부터 수석 징세관은 일등 공무원으로 정해져 내려왔고 대령도 우리처럼 그 전통을 따를 뿐이다.

그러나 큰 존엄의 차이 없이 우리들 사이에서 살고 있긴 하지만 그는 일반 시민들과는 뭔가 다르다. 만약 대표로 어떤 사람이 뭔가를 청하러 그의 앞에 가면 그는 거기에 마치 세상의 벽처럼 서 있다. 그의 뒤에는 아무것도 없다. 사람들은 그의 뒤에서 속삭이는 목소리를 듣지만 그것은 아마 착각일 것이다. 그는 그 모든 일에 대한 종결부를 의미했다, 적어도 우리에겐 말이다. 사람들은 그를 그렇게 접견할 때나 보았을 것이다. 내가 아이였을 때 언젠가 거기에 있었던 적이 있다. 그건 시민 대표가 정부의 지원을 요청할 때였는데, 도시 구역 중 가장 가난한 구역이 완전히 불타 버렸기 때문이었다. 말의 편자를 만드는 장인이었던 나의 아버지는 공동체 내 저명인사로 대표단의 일원이었고, 당시 나를 데리고 가셨다. 그것은 전혀 특이한 일이 아니었는데, 그런 구경거리에는 모두가 몰려들었기 때문이다. 사람들은 군중 속에서 원래의 대표를 거의 알아보지도 못한다. 그런 접견은 대부분 베란다에서 이루어지기 때문에 시장광장에서 사다리를 타고 위로 기어올라와 난간을 넘어 위에서 이뤄지는 행사에 참여하는 사람들도 있다. 당시 베란다의 사분의 일은 그를 위해 확보된 공간이었고 나머지 부분을 군중이 채웠다. 군인 몇 명이 모든 걸 감시했으며, 반원 모양으로 그를 에워싸고 서 있었다. 사실 모든 걸 감시하는 데는 군인 한 명이면 충분했을 텐데. 그 정도로 우리는 그들을 매우 두려워했다. 나는 그 군인들이 어디서 왔는지 정확히 알지는 못하지만 어쨌든 멀리서 왔을 것이다. 그들은 모두 서로 매우 닮았고 제복이 전혀 필요없을 것 같다. 그들은 키가 작고 강인하지는 않지만 민첩한 사람들이다. 그들에게 가장 눈에 띄는 점은 그들의 입을 너무나도 의례적으로 채우고 있는 강인한 치아와 작고 째진 눈이 불안정하게 이리저리 움직이며 내는 번득임이다. 그 때문에 그들은 아이들에게 경악의 대상이며 또 호기심의 대상이기도 하다. 왜냐하면 아이들은 종국에는 겁에 질려 도망칠 것이면서도 계속해서 그 치아와 눈 때문에 놀라고 싶어 하기 때문이다. 이런 어린 시절의 경악감은 어른이 되어서도 사라지지 않을 것이다. 적어도 그 느낌은 나중에도 남는다. 물론 그것은 다른 양상으로 나타나기도 한다. 군인들은 우리 중 한 명에게 전혀 알아들을 수 없는 사투리로 말하는데, 그들은 우리에게 결코 친근해질 수 없다. 그 때문에 그들에 대해 일종의 격리된 느낌, 다가갈 수 없는 거리감이 생겨난다. 그 밖에도 그것은 그리도 조용하고, 진지하면서도 경직된 그들의 성격과 일치하는데, 그들은 원래 전혀 나쁜 짓을 하지 않지만 나쁘게 말하자면 거의 참을 수 없는 인간들이다. 예를 들면 어떤 군인이 상점에 들어가서 작은 물건을 하나 산다. 그는 계산대에 기대서서 사람들의 대화를 주의 깊게 듣는다. 아마도 그는 그 대화를 알아듣지 못할 것인데도 알아듣는 척한다. 그는 자신은 한마디도 말하지 않으면서 말하는 사람만 뚫어져라 보다가 다시 듣는 사람을 쳐다본다. 그리고 손은 계속 허리띠에 꽂힌 긴 칼 손잡이에 올려둔다. 그게 얼마나 혐오스러운지 사람들은 이야기할 마음을 잃어버리고 상점은 텅 비게 된다. 그리고 상점이 텅 비면 그제야 그 군인 역시 나간다. 그러니까 군인들이 나타나는 곳에서는 활기찬 우리 민중도 조용해진다. 그때도 그랬다. 의례적인 행사 때면 항상 그랬던 것처럼 대령은 우뚝 서서 양손을 앞으로 뻗어 대나무 장대를 들고 있었다. 그것은 오래된 풍습으로 그 의미는 대략 이렇다. 그렇게 그는 법을 지지하고, 법은 그렇게 그를 지지한다는 것이다. 이젠 누구든 저 위 베란다에서 볼 수 있는 게 뭔지 안다. 그러면서도 사람들은 항상 다시금 놀란다. 그때도 연설을 하기로 정해진 사람은 자신이 시작하려 하지 않았는데, 그는 대령과 마주 보고 서 있었다. 그는 용기를 잃어버렸고 여러 핑계를 대면서 군중 사이로 돌아가 버렸다. 게다가 그 사람을 빼고는 말할 준비가 된 적당한 사람을 찾을 수가 없었다. 물론 부적절한 사람 중 몇 명이 자청했지만 말이다. 큰 혼선을 빚으며 사람들은 여러 시민과 유명한 연설가에게 사람을 보냈다. 그러는 내내 대령은 미동도 없이 거기 서 있었는데, 다만 숨 쉴 때 유독 가슴이 내려앉았다. 그건 그가 숨 쉬기가 힘들어서가 아니었을 것이다. 그가 숨을 쉬는 건 겉보기에도 분명했다. 마치 개구리가 숨 쉬듯 말이다. 개구리는 항상 그렇게 숨을 쉬지만 여기서 그것은 특이한 것이었다. 나는 어른들 사이로 빠져나갔고, 한 명이 날 무릎으로 걷어찰 때까지 두 군인 사이로 난 틈으로 그를 바라보았다. 그러는 사이 원래 연설하기로 정해졌던 사람이 마음을 진정시켰고, 두 시민의 부축을 받으며 인사말을 했다. 커다란 불행에 대해 말하는 그런 진지한 연설에서, 그가 초지일관 만면에 미소를 머금고 있었다는 건 눈물겨울 정도였다. 그건 정말 굴종적인 미소였는데, 그는 대령의 얼굴이 가볍게 미소 지으며 반응하게 만들려고 헛되이 애쓰고 있었다. 드디어 그는 요청할 내용을 말했다. 내 생각에 그는 한 해 동안 세금을 면제해 달라는 것만 요청했던 것 같다. 어쩌면 거기에 더해 황제의 숲에서 값싼 건축용 목재를 좀 달라고 부탁했을 것이다. 그러고 나서 그는 깊이 몸을 숙여 인사를 하고, 숙인 채로 있었다. 대령과 군인들, 뒤쪽에 있는 공직자들을 제외한 다른 모든 사람들과 마찬가지로 말이다. 결정적으로 시간이 멈춘 듯한 이 공백에 그들이 자신의 모습을 숨기기 위해 베란다 한켠에 있던 사다리 디딤판을 몇 계단 내려왔다. 그러고는 또 오로지 호기심에 바로 그 밑에서 베란다 바닥 위를 힐끔힐끔 훔쳐보았는데, 이 모습은 아이들의 비웃음을 샀다. 그 상태가 잠시 동안 이어진 후 한 공무원이 대령 앞에 나섰는데, 키가 작은 남자였다. 그는 사다리 위에 발끝으로 서서 그에게 다가가려 애를 썼다. 그는 초지일관 깊이 숨을 쉬며 요지부동인 채 있는 대령에게 귓속말을 듣고는 손바닥을 탁 쳤다. 그 소리에 모두가 몸을 일으키자 그는 이렇게 알렸다. "요청은 거절당했다. 어서들 물러가라." 부정할 수 없는 안도감이 군중 사이로 지나갔다. 모두 밖으로 몰려 나가고 있었고, 형식상으로는 다시 우리 모두와 같은 인간으로 돌아온 대령에 대해 아무도 특별히 신경 쓰지 않았다. 나는 그가 정말 지쳐 손에서 장대를 놓아 버려 그것이 쓰러지고, 어떤 공무원이 질질 끌며 가져온 안락의자에 그가 파묻히듯 앉아 급히 파이프 담배를 입에 밀어 넣는 모습을 볼 뿐이었다.

이 전 사건은 단 한 번 일어난 것이 아니다. 보통 그런 식의 일이 일어났다. 드문드문 사소한 요청을 들어주긴 했지만, 그러고 나서는 마치 권력을 지닌 개인의 자격으로 대령 자신이 책임을 지고 해 준다는 것처럼 일을 처리했고, 그건 형식적으로는 정부에 비밀로 지켜져야 한다는 것이었다. 물론 공공연히 그런 말을 한 건 아니지만 분위기상으로는 그랬다. 그런데 우리가 판단하는 바로는 우리의 작은 도시에서 대령의 눈은 정부의 눈이기도 하다. 그러나 이 상황에서는 전혀 파고들 수 없는 어떤 차이가 생겨난다.

그러나 시민들은 중요한 사안에 있어서는 항상 거절당할 거라 생각한다. 그리고 이들이 이런 거절 없이는 잘 지내지 못한다는 건 정말 기이한 일이다. 그리고 그때 이렇게 가서 거절 소식을 가지고 오는 건 결코 형식적인 게 아니다. 항상 사람들은 생기에 찬 진지한 모습으로 나갔다가 힘차고 행복한 건 아니지만, 실망하고 지친 것도 아닌 상태로 그곳에서 돌아온다. 나는 누구에게도 이런 일에 대해 물어볼 필요가 없다. 그저 나는 모든 사람들처럼 그걸 느낄 뿐이다. 그리고 이런 일들의 관계를 조사하려는 그 어떤 호기심도 가져서는 안된다.

물론 내가 관찰해 보면 여기 만족 못하는 특정 연령층이 있는데 대략 열일곱에서 스무 살 사이의 젊은이들이다. 이들은 가장 무의미한 생각의 결과를 예견하지 못하며, 더구나 혁명적인 생각의 결과에 대해서는 전혀 예견조차 못하는 젊은이들이다. 그래서 바로 그들 사이에 불만감이 모르게 스며들고 있는 것이다.

전령

왕이 될지, 또는 왕의 전령이 될지를 두고 그들은 선택하게 되었다. 아이들이 그러는 것처럼 그들 모두는 전령이 되고 싶어 했다. 그 때문에 온 세상을 질주하며 서로에게 소리지르는 시끄러운 전령만이 있었다. 그건 왕이 없었기 때문이다. 그리고 의미가 없어져 버린 메시지만이 있었다. 그들은 그 비참한 삶에 종지부를 찍고 싶어 하지만 직무에 대한 맹세 때문에 감히 그럴 수가 없다.

VI

- ●
- ●
- ●
- ●

세상은 제 갈 길을 가고, 자네는 자네의 길을 가는 거지.
지금껏 그 두 길이 서로 교차하는 걸 난 한 번도 본 적이 없어.

사냥꾼 그라쿠스

　두 소년은 방파제에 앉아 주사위 놀이를 하고 있었다. 한 남자는 군도를 휘두르는 영웅 동상의 그늘이 드리워진 계단에 앉아 신문을 읽고 있었다. 우물가의 한 소녀는 양동이에 물을 채우고 있었다. 과일 장수는 자기 물건 옆에 드러누워 호수를 바라보고 있었다. 어느 선술집 깊숙한 곳에는 문과 창문에 난 구멍으로 두 남자가 와인을 마시고 있는 모습이 보였다. 주인은 앞쪽 탁자에 앉아 졸고 있었다. 나룻배 한 척이 물 위로 들러서 오듯 소리 없이 흔들리며 작은 항구로 들어왔다. 푸른 작업복을 입은 한 남자가 상륙했고 밧줄을 고리에 걸어 당겼다. 은단추가 달린 어두운 재킷을 입은 다른 두 남자는 수부 뒤에서 들것을 나르고 있었는데, 들것의 술이 달린 커다란 꽃무늬 비단천 밑에는 분명 사람 하나가 누워 있었다.

부두에서 도착한 사람들에게 신경을 쓰는 사람은 아무도 없었다. 밧줄을 손질하는 수부를 기다리느라 들것을 내려놓았을 때도 아무도 다가오지 않았다. 그들에게 말 한마디 물어보는 사람도 없었고, 그들에게 관심을 가지고 쳐다보는 사람도 아무도 없었다.

들것을 앞장머리에서 옮기던 사람은 한 여자 때문에 잠깐 멈춰 섰다. 그녀는 아이를 가슴에 안고 머리카락을 푼 채로 막 갑판에 나타났다. 그러자 그는 계속 나아가며 바다 옆 왼쪽에 불쑥 솟아 있는 노란색 삼층집을 가리켰다. 들것을 든 사람들은 들것을 다시 들어 올렸고, 낮지만 호리호리한 기둥이 세워진 대문을 지나 그것을 옮겼다. 한 작은 소년이 창문을 열다가 한 무리의 사람들이 집 안으로 사라지는 것을 보고는 얼른 다시 창문을 닫았다. 이제 대문도 닫혔다. 그건 검은 떡갈나무를 섬세하게 붙여 만든 것이었다. 이제까지 종탑 주위를 날던 비둘기 떼는 그 집 앞에 내려앉았다. 그 집에서 그들의 먹이를 보관하고 있기라도 한 듯 비둘기들은 대문 앞에 모여들었다. 비둘기 한 마리가 이층까지 날아올라 유리창을 콕콕 쪼았다. 비둘기들은 사람들의 보살핌을 받아 밝은

색으로 윤기가 돌며 생기가 있었다. 나룻배에서 내린 여자가 힘껏 비둘기를 향해 곡식알을 뿌렸다. 비둘기는 그것을 다 주워 먹고는 그 여자 곁을 지나 날아갔다.

실크해트를 쓰고 상장을 단 한 남자가 항구로 이어지는 가파르고 좁다란 골목길을 내려오고 있었다. 그는 주위를 유심히 바라보았다. 모든 게 그를 슬프게 만들었다. 한 구석에 있는 쓰레기를 보자 그는 얼굴을 찡그렸다. 동상 계단에는 과일껍질이 있었다. 그는 지나가면서 지팡이로 그것을 밀쳐 떨어뜨렸다. 문 앞에서 그는 문을 두드리면서 동시에 실크해트를 검은 장갑을 낀 오른손으로 벗어 들었다. 곧 문이 열리자 오십 명 정도의 작은 소년들이 긴 복도에 두 줄로 늘어서 인사했다.

수부가 계단을 내려와 그 신사에게 인사하며 위층으로 안내했다. 이층에서 신사는 그와 함께 경쾌하면서도 우아하게 지어진 발코니로 둘러싸인 뜰 주위를 걸었다. 소년들이 존경을 표하며 뒤로 물러서는 동안 두 사람은 집 뒷켠에 있는 서늘하면서도 커다란 공간으로 들어섰다. 그 집 맞은편에는 더 이상 집이 없었고 황량한 어두운 암벽만 보였다. 들것을 나른 사람들은 들것의 머리맡에 긴 양초 몇 개를 세워 불을 붙이는 데 몰두하고 있었다. 그러나 그걸로 빛이 생길 리 없었다. 빛은 이전에 드리워졌던 그림자만을 쫓아내고는 벽에서 가물거렸다.

들것을 덮었던 천은 뒤로 젖혀져 있었다. 거기엔 마구 거칠게 자라난 머리카락과 수염에 그을린 피부의 사냥꾼 비슷한 남자가 누워 있었다. 그는 미동도 없이 얼핏 봐선 숨도 쉬지 않은 채 두 눈을 감고 누워 있었다. 그럼에도 그 주변에는 그가 어쩌면 죽은 사람일지도 모른다는 분위기가 감돌고 있었다.

신사가 들것 쪽으로 다가가 거기 누워 있는 이의 이마에 손을 올리고, 무릎을 꿇고 기도를 했다. 수부는 들것을 들고 온 사람들에게 방을 나가라는 신호를 보냈다. 그들은 방에서 나가 밖에 모여 있던 소년들을 쫓아내고 문을 닫았다. 그러나 신사는 이 정적도 충분하지 않은 것처럼 보였다. 신사가 수부를 바라보자 그는 이를 알아차리고 옆문을 통해 그 옆방으로 갔다. 곧 들것 위의 남자가 눈을 떴고, 고통스러운 미소를 지으며 얼굴을 신사 쪽으로 돌려 말했다.

"댁은 누구시오?" 신사는 별로 놀라지 않으며 무릎을 꿇은 자세에서 몸을 일으켜 대답했다. "리바Riva의 시장이오."

들것 위의 남자는 고개를 끄덕이며 힘없이 뻗친 팔로 안락의자를 가리켰다. 시장이 권하는 대로 의자에 앉아 그는 다음과 같이 말했다. "알고 있었소, 시장님. 하지만 첫눈에는 난 항상 모든 걸 잊어버린다오. 모든 게 내 눈 앞에서 빙빙 돈단 말이오. 그러니 모두 다 알면서도 물어보는 게 낫소. 당신도 아마 내가 사냥꾼 그라쿠스라는 걸 알고 있을 터요."

"알다마다," 시장이 말했다. "간밤에 당신이 온다는 예고는 받았소. 우리는 한참 자고 있었소. 자정쯤에 아내가 '살바토레' – 그게 내 이름이오 – 하고 부르더니 '창가에 있는 비둘기를 좀 봐요!'라고 했소. 그건 분명 비둘기였는데 수탉 크기만큼이나 컸소. 그게 내 귓가로 날아와 '내일 죽은 사냥꾼 그라쿠스가 올 테니 그를 도시의 이름으로 맞으시오'라고 말했소."

사냥꾼은 고개를 끄덕이며 혀끝으로 입술 사이를 적셨다.

"그렇소. 비둘기가 나보다 먼저 날아갔소. 그런데 시장님, 내가 리바에 머물러야 한다고 생각하시오?"

"그건 아직 말할 수 없소." 시장이 대답했다. "당신은 죽었소?"

"그렇소." 사냥꾼이 말했다. "보시다시피요. 수년 전이오,
정말 수년 전일 것이오. 나는 슈바르츠발트에서, 그건 독일에
있소, 영양 한 마리를 쫓다 바위에서 떨어졌소. 그때부터 난
죽은 거요."

"그렇지만 살아 있는 것이기도 하오." 시장이 말했다.

"어느 정도는." 사냥꾼이 말했다. "어느 정도는 살아 있기
도 하오. 내가 타고 있는 죽음의 나룻배가 길을 잘못 들어,
키를 잘못 틀어, 내 아름다운 고향에 대한 갈망으로 까딱 한
순간에 배를 부주의하게 몬 것이오. 그 아름다운 고향이란
게 무엇이었는지는 나도 모르겠소. 내가 아는 거라곤 다만
내가 지상에 머물고 있다는 것, 그리고 내 나룻배가 그때부
터 줄곧 이승의 물 위를 떠다니고 있다는 거요. 그렇게 해서
내 산에서만 살려고 했던 내가 죽고 나서는 지상의 온갖 나
라들을 돌아다니고 있소."

"그럼 저승에는 당신의 일부가 없단 말입니까?" 시장이 인
상을 찌푸리며 물었다.

"나는," 사냥꾼이 말했다. "항상 위로 올라가는 큰 계단에

있소. 이 무한히 넓은 옥외 계단에서 이리저리 떠돌고 있는 거요. 금방 위, 금방 아래, 금방 오른쪽, 금방 왼쪽으로 항상 움직이고 있소. 사냥꾼이 나비가 된 거요. 웃지 마시오."

"웃지 않소." 시장은 방어적으로 대답했다.

"아주 현명하시군요." 사냥꾼이 말했다. "난 항상 움직이고 있소. 그런데 내가 있는 힘껏 도약해 올라 저 높은 곳의 문이 내게 빛을 발하면, 난 어느 이승 물가에 황량하게 처박힌 내 낡은 나룻배에서 깨어난다오. 나의 옛 죽음이 지닌 근본적인 실수가 선실 사방에서 날 둘러싼 채 히죽거리고 있소. 수부의 부인 율리아가 문을 두드리며 우리가 막 지나가고 있는 해안가의 땅에서 아침에 마시는 음료를 내 들것으로 가져온다오. 나는 나무침대에 누워 있는데, 내 자신을 관찰하는 일은 전혀 즐겁지 않소. 나는 더러운 수의를 입고, 잿빛과 검은색 머리카락과 수염은 제멋대로 서로 뒤엉켜 있소. 내 다리는 꽃무늬가 있고 긴 술이 달린, 커다란 여성용 비단 천에 덮여 있소. 머리맡에는 교회당 양초가 켜져 내게 빛을 발한다오. 내 맞은편 벽에는 작은 그림이 하나 있는데, 분명 그건 아프리카 원주민으로 화려한 방패에 잔뜩 몸을 숨기곤 창으

로 나를 겨누고 있소. 배에서 한심한 그림들을 많이 보게 되
지만, 그건 그중에서도 가장 한심한 것이었소. 그 외에도 내
나무우리는 완전히 텅 비어 있었소. 측면 벽에는 채광창이
있는데 그곳을 통해 남국 밤의 따뜻한 공기가 들어오고, 난
낡은 쪽배에 물결이 철썩이는 소리를 듣소.

그때부터 나는 여기 누워 있는 거요. 내 집이 있는 슈바르
츠발트에서 영양을 쫓다가 추락했던 때 말이오. 모든 일은
차례대로 일어났소. 나는 영양을 쫓았고, 추락했고, 골짜기에
서 피를 흘렸고, 죽었소. 그러니 이 나룻배는 날 저승으로 날
라야 했던 거요. 여기 나무침대에서 처음으로 몸을 쭉 뻗었
을 때 얼마나 즐거웠는지 아직도 기억하오. 산들도 그때 그
어두침침한 사방의 벽이 들은 것 같은 즐거운 노래를 들어
본 적은 없었을 거요.

나는 즐거이 살았고 즐거이 죽었소. 나는 이 갑판에 오르
기 전에 엽총, 가방, 늘 자랑스럽게 매고 다니던 사냥총 따위
천한 물건들을 내던져 버리고, 처녀가 웨딩드레스를 입듯 수
의를 입었소. 여기 누워 나는 기다렸소. 그러고 나서 불행한
일이 일어났소."

"고약한 운명이군요." 그걸 거부하는 듯 손을 치켜들며 시장이 말했다. "그런데 당신은 거기에 대해 전혀 잘못한 게 없소?"

"없소." 사냥꾼이 말했다. "나는 사냥꾼이었소. 그게 죄 같은 게 되겠소? 아직 늑대가 있던 때 나는 사냥꾼으로 슈바르츠발트에 살았소. 나는 잠복하고 기다렸고, 총을 쏘았으며, 짐승을 맞추었고, 가죽을 벗겼소. 그게 죄요? 나의 일은 축복받은 거였소. 사람들은 날 '슈바르츠발트의 위대한 사냥꾼'이라 불렀소. 그게 죄요?"

"그걸 결정하러 내가 불려온 건 아니오." 시장이 말했다. "내가 보기에도 그게 죄는 아닌 것 같소. 그럼 대체 누구의 잘못이오?"

"수부요," 사냥꾼이 말했다. "아무도 내가 여기 쓰는 걸 읽지 못할 거요. 아무도 날 도우러 오지 않을 거요. 설사 날 도우라는 임무가 주어졌다 하더라도 모든 집의 문은 잠겨 있을 것이고, 창문 역시 모두 잠겨 있을 것이며, 모두가 머리 위까지 이불을 뒤집어쓴 채 누워 있을 것이며, 온 세상이 한밤중의 여관일 것이오. 그건 좋은 의미가 있소, 왜냐하면 아무도 날 모르며, 설령 안다 한들 내 소재를 모를 것이며, 설령 내 소재를 안다 한들 거기서 날 붙잡을 길을 모를 테고, 또 날 어떻게 도울지도 모를 테니 말이오. 나를 돕겠다는 생각은 병이고, 침상에서 치료받아야 하오. 난 그걸 알기에 도움을 청하려 소리 지르지 않소. 비록 어떤 순간에는 정말 강하게 그런 생각을 하지만 말이오. 예를 들면 딱 지금처럼 자제력을 잃은 때 말이오. 그러나 주위를 둘러보고 내가 어디에 있는지, 또 어디서 수백 년 간ー수백 년이라 말해도 좋을 것이오ー살고 있는지를 떠올려 보면 그런 생각들을 몰아내기에 충분한 것 같소."

"대단하시오." 시장이 말했다. "대단하시오. 그런데 우리 리바에 머무를 생각은 없소?"

"그럴 생각은 없소." 사냥꾼은 미소 지으며 말하고는 곧 그 비웃음에 사과하려 자신의 손을 시장의 무릎에 올려놓았다.

"나는 여기에 있소. 더 이상은 모르오. 더 이상은 할 수가 없소. 내 나룻배는 키가 없소. 그건 죽음 가장 저 아래에 있는 곳에서 불어오는 바람에 실려 가고 있다오."

사냥꾼 그라쿠스, 어떤 대화

"사냥꾼 그라쿠스, 자네는 벌써 몇 백 년을 이 낡은 나룻배를 타고 다니는데, 어떤가?"

"벌써 천오백 년째야."

"그런데 계속 이 배를 타고 있었나?"

"계속 이 조각배였지. 조각배, 그게 옳은 표현이겠군. 자네는 이 배에 대해 잘 알고 있지 않나?"

"아니, 내가 자네를 알게 되고 이 배에 들어선 오늘에야 비로소 관심을 갖게 되었네."

"사과할 건 없어. 나도 내륙 출신이야. 난 항해자도 아니었고, 되고 싶은 마음도 없었다네. 산과 숲이 내 친구였지. 그리고 이제 가장 오랫동안 항해한 나 사냥꾼 그라쿠스는 뱃사람의 수호신이 되었지. 폭풍우 치는 밤 망루에서 겁먹은 견습 선원이 두 손을 모아 빌며 숭배하는 그 사냥꾼 그라쿠스 말이야. 웃지 말게나."

"내가 웃었다고? 아닐세, 정말 아니야. 난 가슴을 두근대며 자네 선실 문 앞에 서 있었어. 두근거리며 여기 들어왔다고. 자네가 친절히 대해 주어 마음이 좀 놓이지만, 내가 누구의 손님인지는 절대 잊지 않을 걸세."

"그렇지, 자네 말이 옳아. 어찌 됐든 나는 사냥꾼 그라쿠스라네. 포도주 좀 마시지 않겠나? 상표는 모르겠네만 달고 진하다네. 선주가 잘 마련해 주고 있지."

"지금은 안 되겠어. 진정이 안 되는군. 자네가 날 여기 머물게 해 준다면 나중에 마시겠네. 그런데 선주는 누구인가?"

"이 조각배 주인이지. 선주들은 상당히 괜찮은 사람들이야. 내가 그들을 이해할 수 없을 뿐이지. 내 말은 그들의 언어를 이해하지 못한다는 건 아니야. 비록 가끔은 내가 그들의 언어를 이해하지 못할 때도 있지만 말이야. 그건 부차적인 것일 뿐이지. 세월이 흐르면서 난 여러 언어를 충분히 배워 옛사람들과 오늘날 사람들 사이를 통역해 줄 수도 있겠지. 하지만 선주들의 생각은 이해할 수가 없다네. 어쩌면 자네가 내게 그걸 설명해 줄 수 있을지도 모르겠군."

"큰 기대는 걸지 말게. 자네에 비하면 옹알이하는 아기에 불과한 내가 어찌 자네에게 설명해 줄 수 있겠는가."

"그렇지 않아, 꼭 그런 건 아니지. 자네가 좀 더 남자답게, 좀 더 자의식을 갖고 행동한다면 난 기쁠 걸세. 그림자 같은 손님과 내가 뭘 시작하겠는가. 그런 손님은 입김으로 채광창을 통해 바다로 날려 버릴 걸세. 나는 여러 가지 설명이 필요해. 바깥을 이리저리 돌아다니는 자네는 설명해 줄 수 있을거야. 하지만 내가 앉아 있는 이 테이블에서 덜덜 떨면서 자기 기만 때문에 알고 있는 얼마 안 되는 걸 잊어버릴 거라면 당장 짐을 싸게나. 나는 내가 생각하는 대로 말할 뿐이야."

"뭔가 옳은 점이 있군. 실로 나는 여러 점에서 자네보다 낫지. 그러니까 자제하도록 해보겠네. 물어보게!"

"나아졌군, 훨씬 나은걸. 자네는 이번에는 너무 반대 방향에서 과장해서 일종의 우월감에 사로잡혀 있군. 자네는 내 말을 바로 이해해야 해. 나도 자네처럼 인간이지만 수백 년간 나이를 먹으면서 인내심은 더 떨어졌지. 자, 이제 선주에 대해 이야기해 보자고. 조심해! 정신을 가다듬도록 와인 한 잔 마시게. 수줍어 말고 쭉 들이켜. 아직 배에 실린 게 많이 있어."

"그라쿠스, 이건 정말 좋은 와인인데. 선주가 살아 있으면 좋았을걸."

"오늘 죽었다니 안타까운 일이야. 선주는 좋은 남자였지. 평안히 잠들었어. 잘 자란 자녀들이 임종을 지켰지. 발치에 선 아내가 의식을 잃고 쓰러졌네. 그러나 그가 마지막으로 생각한 건 나였지. 좋은 남자였어, 함부르크 사람이었지."

"세상에! 함부르크 사람이라니, 자네는 여기 남쪽에서 그가 죽었다는 걸 안단 말인가?"

"뭐라고? 내 선주가 언제 죽었는지 알면 안된다는 겐가? 자네는 정말 단순하군."

"날 모욕할 셈인가?"

"아니, 그건 절대 아니야. 본의 아니게 그랬네. 그렇게 놀라지만 말고 와인을 더 마시게. 어쨌거나 선주들의 태도란 조각배가 원래 그 누구의 것도 아니라는 거야."

"그라쿠스, 부탁이네. 일단은 짤막하게, 하지만 자네는 어떤 입장인지 관련하여 정황을 말해 주게. 실토하면 나는 그게 뭔지 모르네. 자네에게는 물론 당연한 일일 터이고, 또 자네의 사고방식으로 보건데 온 세상이 모든 걸 알고 있다고 생각하겠지만. 그라쿠스, 이해하게나. 사람들은 이 짧은 인생에 ─ 삶은 정말 짧다네 ─ 이 짧은 인생에 자신과 가족을 먹여 살리기 위해 할 일이 잔뜩 있지. 지금 사냥꾼 그라쿠스가 이토록 흥미롭지만 ─ 이건 확신이지 아첨이 아닐세 ─ 사람들은 그를 생각하고 그의 안부를 물어본다거나 걱정할 시간이 없네. 자네가 말한 함부르크 사람처럼 아마 자네가 임종을 맞을 때나 그럴 수 있을지 모르겠군. 그때서야 그 성실했던 남자는 난생처음으로 몸을 쭉 펴고 한가롭게 녹색 사냥꾼 그라쿠스를 생각할지도 모르지. 하지만 이미 말한 것처럼 나는 그것밖에 자네에 대해 아는 게 없네. 나는 사업차 항구에 왔다 조각배가 정박해 있는 걸 봤는데, 디딤판이 놓여 있더군. 그래서 난 건너온 걸세. 하지만 이젠 자네에 대해 좀 알고 싶네."

"아, 나에 대해 말인가. 오래되고 오래된 이야기지. 책에는 온통 그 얘기로 가득하지. 학교에선 선생님들이 그 얘길 칠판에 쓰고 엄마들은 아기가 젖을 먹는 동안 공상에 빠져 그 얘기에 대해 품속에 속삭이지. 장사꾼들은 손님에게, 손님은 장사꾼들에게 그 얘기를 하지. 군인들은 행군하며 그 얘기를 노래로 부르고, 목사는 교회에서 그 얘기를 외치지. 역사가는 그들의 방에서 입을 딱 벌리고 오래전 일어난 일을 보며 끊임없이 그 얘기에 대해 쓰지. 그건 신문에 인쇄되어 민중들의 손에서 손으로 넘어간다네. 전보가 발명되어 그 얘기는 더 빨리 지구를 돌고 누군가는 매몰된 도시에서 그걸 찾아내지. 그리고 엘리베이터는 그 얘기를 싣고 고층 건물의 지붕으로 돌진하지. 철도 승객은 그들이 지나가는 여러 나라에서 창문을 통해 그 얘길 알리지만 그전에 야만인들이 그들을 향해 울부짖지. 그 얘기는 별들 속에서 읽을 수 있고 호수는 물 위에 비친 모습에 그 얘기를 옮긴다네. 시내는 산에서부터 그 얘기를 옮기지. 그런데 자네라는 사람은 여기 이렇게 앉아 나에게 그 얘기를 묻고 있다니. 자네는 분명 정말 방탕한 청춘을 보냈군."

"그럴 수 있겠지. 청춘의 특징이니 말이야. 그렇지만 내 생각에 자네가 세상을 한번 돌아보는 것이 참 유용할 것 같군. 여기서 거의 나 혼자 그 얘기에 놀라고 있는 게 자네에겐 그토록 이상하게 보일진 몰라도 말일세. 하지만 그건 그래. 자네가 온 도시가 이야기하는 그 대상은 아니야. 사람들이 얼마나 많은 것에 대해 얘기하는데. 자네는 거기 들어가 있지도 않아. 세상은 제 갈 길을 가고, 자네는 자네의 길을 가는 거지. 지금껏 그 두 길이 서로 교차하는 걸 난 한 번도 본 적이 없어."

"그건 자네가 관찰한 거지, 친구여, 다른 사람들은 다른 종류의 관찰을 했단 말일세. 여기에는 두 가지 가능성만이 있네. 하나는 자네가 나에 대해 알고 있는 데 대해 입을 다물고 어떤 특정 의도를 가지고 있는 경우야. 이런 경우라면 자네에게 솔직히 말하지. 자네는 잘못 선택한 거야. 다른 하나는 자네가 내 얘기를 다른 얘기와 혼동해서 자네가 실제로 나를 기억하지 못한다고 믿고 있는 거겠지. 그런 거라면 나는 이렇게 말할 수 있을 뿐이네. 나는, 아니, 나는 할 수가 없어. 모두가 알고 있는 걸 자네에게 지금 이야기해야 하다니! 벌써 오래전 일이야. 역사가에게나 물어보게! 그들은 방에서 입을 딱 벌리고는 오래전에 일어난 사건들을 보며 끊임없이 그걸 써 대지. 그들에게 갔다 다시 오게나. 벌써 오래전 일이란 말일세. 머릿속이 이토록 터질 듯 꽉 차 있는데 대체 그걸 어떻게 저장한단 말인가."

"잠깐, 그라쿠스. 내 자네의 무거운 마음을 좀 풀겠네. 하나 묻지. 자네는 어디 출신인가?"

"슈바르츠발트 출신이지. 모두가 다 알고 있지만 말이야."

"물론 슈바르츠발트 출신이겠지. 그럼 자네는 거기서 오백 년 경에 뭔가를 사냥했는가?"

"세상에, 슈바르츠발트를 아나?"

"아니."

"자네는 정말 아무것도 모르는군. 키잡이의 어린 자식도 자네보다는 많이 알지. 어쩌면 훨씬 더 많이 알걸. 누가 자네를 여기 들였나? 그게 화근이군. 자네의 끈질긴 겸손이란 정말 알아줘야겠어. 자네는 무無야, 그걸 내가 포도주로 채워주지. 그러니까 자네는 슈바르츠발트를 전혀 모르는군. 나는 거기서 태어났네. 스물다섯 살까지 그곳에서 사냥을 했지. 영양이 나를 유인하지만 않았어도, 이젠 알겠지, 난 오랫동안 멋진 사냥꾼 생활을 했을 거야. 그러나 그 영양이 나를 유인했고 나는 추락해 바위에 부딪혀 죽었지. 더 이상 묻지 말게. 여기서 나는 죽었어, 죽었어, 죽었다고. 왜 내가 여기 있는지는 모르겠어. 그때 난 마땅히 죽음의 나룻배에 실리게 되었어, 불쌍히도 죽은 몸이었지. 누구에게나 그렇듯 내게도 서너 가지 일이 치러졌지. 사냥꾼 그라쿠스라고 별달리 예외가 있겠는가. 모든 것이 정상이었고 난 사지를 쭉 펴고 나룻배에 누워 있었다네."

독수리

내 발을 쪼는 독수리가 한 마리 있었다. 독수리는 장화와 양말을 찢어 이미 해지게 만들었고 이젠 발까지 쪼아 댔다. 그것은 계속 공격하다 불안해 하며 내 주위를 몇 번 돌고는 다시 작업을 계속했다. 한 신사가 지나가다 잠시 보고는 내 게 왜 그걸 참고 있는지 물었다. 나는 "전 막을 방도가 없어 요"라고 말했다. "저게 와서는 쪼아 대기 시작했어요. 저는 당 연히 쫓아버리려고 했고, 심지어는 목을 조르려고 해봤지요. 그런데 저런 동물은 워낙 힘이 세서 제 얼굴을 덮치려고 하 더군요. 그래서 차라리 발을 내준 거랍니다. 이젠 발이 거의 찢어발겨졌어요." "그렇게 고통을 당하다뇨" 하고 신사가 말 했다. "총 한 방이면 그 독수리는 끝장이오." "그럴까요?" 하 고 내가 물었다. "그럼 그렇게 좀 해주시겠어요?" "기꺼이 하 지요"라고 신사가 말했다. "내가 집에 가서 총을 가져오기만

하면 되오. 삼십 분만 기다릴 수 있겠어요?" "그건 모르겠는데요"라고 말하고는 나는 한동안 고통 때문에 굳은 채로 서 있었다. 그러다가 "제발 그렇게 해 주세요"라고 말했다. 신사는 "좋소. 서둘러야겠소"라고 말했다. 독수리는 조용히 대화를 들으며 나와 신사를 번갈아 바라보았다. 그때 나는 독수리가 모든 걸 알아들었음을 알았다. 그것은 날아올라 도약하기 위해 몸을 한껏 뒤로 젖히더니, 창을 던지는 것처럼 부리를 내 입속 깊숙이 찔러 넣었다. 독수리가 온 심연을 채우며 흥건히 넘쳐 흐르는 내 피에 빠져 하릴없이 죽을 때 나는 뒤로 넘어지며 해방감을 느꼈다.

녹색 용

문이 열렸다. 그리고 퉁퉁하며 옆쪽이 불룩하게 부풀어 오른, 발 없이 온 하체를 앞으로 내밀고 있는 것이 왔다. 녹색 용이 방으로 들어온 것이었다. 그는 형식적인 인사를 했다. 나는 용에게 완전히 들어오라고 청했다. 그는 그 청을 들어 줄 수 없는 걸 유감으로 여겼다. 왜냐하면 그는 너무 길기 때문이라고 했다. 그래서 문은 열린 채로 둬야 했는데, 그건 정말 난처한 일이었다. 용은 반은 난처하면서도 반은 음험해 보이는 미소를 지었다. 그리고 다음과 같이 말하기 시작했다. "너에 대한 동경에 이끌려 나는 저 멀리서 이리로 몸을 질질 끌며 왔어. 이미 내 하체는 쓸리고 완전히 까져서 상처투성이지. 하지만 나는 기꺼이 했어. 기꺼이 나는 왔고, 기꺼이 날 너에게 바칠게."

호랑이

　유명한 동물 조련사 부르송Burson에게 언젠가 호랑이 한 마리를 데려왔다. 그는 동물을 길들일 수 있는 자신의 능력을 보여줘야 했다. 호랑이가 들어 있는 작은 우리는 강당 크기의 조련 우리 속으로 밀려 들어왔다. 그건 도시에서 멀리 떨어진 큰 오두막 캠프에 있었다. 관리인은 저만치로 떨어졌다. 부르송은 동물과 처음 만날 때는 항상 혼자 있길 원했기 때문이다. 막 먹이를 충분히 먹은 호랑이는 조용히 앉아 있었다. 호랑이는 하품을 좀 하다 새로운 환경을 피곤한 눈으로 살펴보고는 곧 잠들었다.

VII

●
●
●
●

"그건 시험일 뿐이었다구.

질문에 대답하지 않는 사람이 시험에 합격한 거지."

길

　나는 길을 잃었다.

　진실한 길은 한 가닥 줄 위에 있는데, 그건 팽팽한 긴장 속에 저 높이 있는 것이 아니라 땅 바로 위에 있다. 그건 딛고 지나가기보다는 오히려 걸려 비틀거리게 만드는 듯하다.

카라반의 숙사

카라반의 숙사에는 결코 잠이라는 게 없었다. 거기선 아무도 잠자지 않았다. 그러나 아무도 거기서 잠자지 않는다면, 왜 거기에 가는 걸까? 그건 수송하는 짐승을 쉬게 하기 위해서였다. 거기는 아주 조그만 오아시스에 불과했다. 그러나 카라반들로 완전히 북적였고, 어마어마했다. 낯선 이가 거기에 익숙해진다는 건 불가능했다. 적어도 내게는 그렇게 보였다. 또 그 숙사가 지어진 형태에도 문제가 있었다. 예를 들어 누군가 첫 번째 마당에 왔다 치자. 그것은 두 번째 마당에 있는 두 개의 원형 아치와 서로 10미터 정도 간격으로 이어져 있었다. 아치를 통과하면 그가 기대했던 것과 같은 새로운 커다란 마당이 아니라 하늘 높이 솟아 있는 벽 사이에 있는 작고 컴컴한 광장이 나왔다. 꽤 높이 떨어진 곳에서야 그는 빛이 나는 발코니를 보았다. 이제 그는 길을 잘못 들었다고 생각하고 다시 첫 번째 마당으로 돌아가려 한다. 그러나 그는 공교롭게도 자신이 통과해서 지나온 아치로 돌아가지 못하고 그 옆에 있는 두 번째 아치를 통과했다. 이제 그는 첫 번째 광장에 있는 것이 아니라 훨씬 큰 또 다른 마당에 있는데, 소음과 음악, 짐승들이 내는 소리가 뒤섞여 쟁쟁 울리고 있었다. 길을 잃은 그는 다시 어두운 광장으로 돌아가 첫 번째 원형 아치를 통과했다. 그건 아무 소용이 없었다. 그는 다시 두 번째 광장으로 돌아가며 몇 개의 마당을 통과하면서 다시 자문해야 했다. 차라리 원래 몇 발자국 떨어지지 않은 첫 번째 마당으로 돌아갔어야 했는지 말이다. 이젠 첫 번째 마당이 계속 북적이는 게 불편했다. 거기서 그는 거의 숙소를 찾을 수 없었다. 첫 번째 마당에 있는 집은 연이어 방문하는 손님들로 거의 꽉 찬 것처럼 보였다. 그러나 실제로는 그럴 수가 없었다. 왜냐하면 여기에는 오직 이 더럽고 시끄러운 곳에 살기를 원하거나, 살 수 있는 카라반들만이 살았기 때문이다. 작은 오아시스에는 물밖에 없었고, 더 큰 오아시스는 수마일이나 떨어져 있었다. 그러니까 여기서 계속 머무른다거나, 여기서 산다는 건 아무도 할 수 없었다. 있다면 카라반 숙사의 주인과 그 직원들일 것이다. 그러나 나는 그곳에 이미 몇 번 가 보았지만 그들을 본 적도 없을뿐더러, 그들에 대해 들어본 적도 없다. 만약 주인이 있었는데 그가 그런 무질서를, 거기서 밤낮을 가리지 않고 일어나는 것과 같은 폭력 행위를 봐 두었다는 것은 상상하기 어려웠을 것이다. 나는 오히려 가장 강한 카라반이 그곳을 다스리고 있고 그 강력한 정도에 따라 다른 카라반들이 계층을 이룬다는 인상을 받았다. 그러나 모든 게 그걸로 설명이 되진 않는다. 예를 들어 입구의 커다란 문은 보통 꽉 잠겨 있었다. 오가는 카라반들을 위해 그 문을 여는 것은 항상 축제와 같은 행위로 매우 복잡한 일이었다. 카라반들은 입장을 허가 받기 전 종종 바깥 뙤약볕에서 여러 시간을 서 있었다. 심지어 그건 공공연히 자의적으로 일어나는 일이었지만 그 이유를 밝히지 못했다. 그러니까 그저 바깥에 서서 그 오래된 문의 테두리를 관찰할 시간은 있었다. 그것은 문 주위에 팡파르를 불고 있는 천사가 두세 줄로 새겨진 부조였다. 아치문의 가장 높은 곳에 있는 이 악기 중 하나는 문 입구로 길게 튀어나와 있었다. 동물들은 그것에 부딪히지 않도록 항상 조심해서 들어와야 했다. 이 아름다운 작품이 전혀 손상되지 않은 것은 무엇보다 전체 건물이 쇠락해 있다는 점에서는 기이한 일이었다. 문 앞에서 그렇게 오랫동안 무력한 분노 속에서 기다렸던 이들조차 그건 손상시키지 않았으니 말이다.

감방

"어떻게 내가 여기로 왔지?"

나는 소리 질렀다. 그곳은 평범한 넓은 복도였는데, 불빛이
부드러운 전등이 켜 있었고 나는 벽에 바짝 붙어 걸어갔다. 문
이 여러 개 있었고 그 문을 열자 어둠 속에서 빛나는 암벽이
앞에 서 있었다. 암벽은 문지방에서 손 너비 정도조차 떨어져
있지 않았고, 수직·수평으로 위아래 두 쪽 모두 끝없이 광대하
게 뻗어 있었다. 거기엔 출구가 없었다. 오직 한쪽 문만이 옆방
으로 나 있었는데, 그곳에서 바라본 전경은 희망으로 가득 차
있었다. 이 문도 다른 문들처럼 놀랄 만큼 독특했다. 붉은색과
황금빛으로 꾸며진 왕의 방을 들여다보니 천정 높이의 거울이
여러 개 있었고, 커다란 샹들리에가 걸려 있었다. 하지만 그게
전부가 아니었다. 나는 다시 돌아갈 필요가 없다. 감방은 폭발
했다. 나는 움직인다. 나는 내 몸을 느낀다.

악마의 발명

만일 우리가 악마에 사로잡힌다면 그건 하나가 아닐 수 있다. 왜냐하면 그렇지 않다면 우리는 이 지상에서 신과 함께 있는 것처럼 평안하고 조화롭게 모순 없이, 우리 뒤에 있는 사람에 대한 일말의 생각 없이 살 것이기 때문이다. 악마의 얼굴은 우리를 경악시키지는 않을 것이다. 왜냐하면 악마적인 것에 대해 우리는 민감하게 반응하여 그 얼굴을 볼 때 차라리 손 하나를 희생하는 것이 현명한 처사라는 걸 알기 때문이다. 즉 그 손으로 악마의 얼굴을 가리는 것이다. 만일 우리 전 존재에 대해 고요하면서도 안정적인 안목을 갖추고 매 순간 마음대로 우리를 움직일 수 있는 자유를 가진 단 하나의 악마가 있다면, 그는 인간의 수명이 다할 동안 우리 안에 내재해 있는 지고한 신의 정신을 지속시킬 힘이 충분히 있을 것이다. 또 우리가 결코 신의 광채를 보지 못하게끔 우리

를 앞뒤로 흔들어 그로부터 괴로움을 받지 않도록 할 것이
다. 오로지 수많은 악마가 있다는 가정만이 우리의 현세적
불행을 설명할 수 있다. 왜 그들은 최후의 일인이 남을 때까
지 모조리 몰살시키지 않을까, 혹은 왜 그들은 한 위대한 악
마 밑에 종속되지 않을까? 둘 다 우리를 가능한 한 완전히 속
일 수 있는 악마의 원칙에 맞을 것이다. 악마 모두가 우리에
대해 지나치게 꼼꼼하다는 공통적인 속성이 없다면, 그게 무
슨 소용이 있을까? 인간의 머리카락이 빠지는 현상은 신보다
는 악마에게 들어맞는 게 당연하다. 왜냐하면 악마는 정말
그 머리카락을 잃지만 신은 그렇지 않기 때문이다. 우리 안
에 수많은 악마들이 있는 한 우리는 결코 삶의 평안함에 도
달할 수 없을 것이다.

악당

옛날에 악당들이 한 무리 있었다. 그건 악당들이 있었다는 게 아니라 평범한 인간들이 있었다는 뜻이다. 이들은 항상 함께 무리 지어 있었다. 가령 그들 중 하나가 그 무리 밖에 있는 누군가에게, 어떤 타인에게 불행히도 악당 같은 짓을 했다면 그건 또 악당 같은 짓이 아니라 어느 때와 같은 평범한 일과 같다. 그러고 나서 그가 그 무리 앞에서 그 일을 알리면 그들은 그를 취조하고, 판결을 내리고, 벌금을 물리고, 용서하고, 그런 류의 일을 했다. 그건 나쁜 뜻에서가 아니었다. 개인과 무리의 이해관계는 엄격히 유지되었고, 자신의 악행을 실토한 사람에게는 그가 본모습을 드러낸 데 대해 찬사가 이어졌다. "뭐? 그것 때문에 걱정했다고? 너는 당연한 걸 한 거야, 네가 할 도리대로 한 거라고. 네가 그렇게 하지 않았다면 다 납득이 안 될걸. 넌 너무 과민할 뿐이야.

다시 이해하게 될 거라고." 그렇게 그들은 항상 무리 지어 있었고, 죽은 뒤에도 무리를 포기하지 못하고 윤무를 추며 하늘나라에 갔다. 그들이 하늘나라로 가는 것은 지금껏 통틀어 가장 순수한, 어린아이와 같은 순진무구한 광경이었다. 그러나 하늘나라에 들어가기 전 원래 본성대로 산산이 부서져 버렸기 때문에 그들은 추락했다. 정말 바위 덩어리가 되어서 말이다.

야만인들

모든 야만인들에 대해서는 다음과 같은 이야기가 내려온다. 그들은 죽으려는 욕구밖에 없거나 혹은 그런 욕구조차도 없는 것이 아니라, 죽음이 그들에 대한 욕구를 가지고 있어서 그들이 자신의 목숨을 내어놓는다. 혹은 자신의 목숨조차도 내놓지 않는다. 오히려 그들은 모래톱에 빠져 결코 일어서지 못한다. 그 야만인들과 나는 매우 닮아 있으며 주위에 종족 형제들이 있다. 그러나 이 지역에서는 군중들이 밤낮으로 오르락내리락 인파를 이루고, 형제들은 그들에게 실려 갈 정도로 혼란스럽다. 그걸 여기 이 나라에서는 '남을 도와주다'라고 말한다. 여기 모든 사람들은 항상 그런 도움을 줄 준비가 되어 있다. 사람들은 이유 없이 넘어진다거나 누워 있는 사람들을 악마처럼 두려워한다. 그건 본보기 때문이며, 거기서 날 수 있는 진실의 악취 때문이다. 분명 아무 일도 일

159

어나지 않을 것이다. 한 명, 열 명, 온 민족이 누워 있어도 아무 일도 일어나지 않을 것이다. 강력한 삶은 계속 이어질 것이다. 다락방에는 단 한 번도 펴 본 적이 없는 깃발들로 넘쳐난다. 이 손풍금에는 태엽통이 하나밖에 없지만 스스로 그 핸들을 돌리는 것은 영원이다. 그리고 두려움이다! 사람들이 그들의 적을 실어 가는 것처럼 적은 무력하며 그들 안에 있다. 그 때문에, 이 무력한 적 때문에, 그들은……

참기 놀이

옛날에 '참기 놀이'가 있었다. 그건 몇 푼 하지 않는 단순한 장난감으로, 회중시계보다 그리 크지도 않았고 깜짝 놀랄 만한 장치가 있는 것도 아니었다. 적갈색으로 칠한 판자에는 푸른 줄로 미로가 몇 개 새겨져 있었고 그건 작은 구멍으로 이어져 있다. 또 판을 기울이고 흔들어 푸른 구슬을 우선 미로 중 한 곳으로 보내 구멍에 넣을 수 있다. 구슬이 구멍에 들어가면 놀이는 끝이 난다. 새로 시작하려면 구슬을 구멍 속에서 흔들어 꺼내야 한다. 이 장난감은 전체가 반구 형태의 강한 유리로 덮여 있다. 사람들은 이 '참기 놀이' 장난감을 호주머니에 넣고 다니다가 언제 어디서든 꺼내어 놀 수 있다.

사람들이 놀이를 하지 않을 때 구슬은 대개는 양손을 등에 올린 채 높은 지대를 오가며 미로를 피했다. 구슬은 놀이를 할 때 미로 때문에 받은 고통이 충분하기 때문에 놀이를 하지 않을 때는 자유로운 평지에서 쉴 마땅한 권리가 있다고 생각한다. 때로 구슬은 버릇처럼 반구형의 유리를 바라보았는데, 그 위에 있는 뭔가를 알고 싶어서는 아니었다. 구슬은 넓은 궤도로 움직이며 자신이 좁은 미로를 위해 만들어진 건 아니라고 주장했다. 그 말은 부분적으로는 옳았다. 왜냐하면 구슬은 정말로 그 미로에는 맞지 않았기 때문이다. 그러나 그 말은 옳지 않기도 했다. 왜냐하면 구슬은 그야말로 매우 신중하게도 그 미로의 너비에도 적응하고 있었기 때문이다. 그러나 구슬에게 그 미로는 편안하지 않았을 것이다. 왜냐하면 그렇지 않고서는 '참기 놀이'란 없었을 테니까 말이다.

산초 판사에 관한 진실

    산초 판사는 저녁이나 밤 시간에 기사 소설과 도둑 소설을 잔뜩 쌓아 두고 읽었다. 그렇게 해서 그는 후에 돈 키호테라는 이름을 붙인 그 악마의 주의를 딴 곳으로 돌리는 데 성공했다. 그건 그 악마가 무절제하게 완전히 미친 짓을 하게 했지만, 그 미친 짓의 대상은 미리 정해져 있지 않았기 때문에 피해를 입은 사람은 아무도 없었다. 물론 산초 판사가 그 대상이 되었어야 했겠지만 말이다. 자유인 산초 판사는 무심하게, 어쩌면 일종의 책임감 때문에 원정에 나선 돈 키호테를 따라나섰으며, 죽을 때까지 그 원정에서 유익하면서도 커다란 즐거움을 얻었다.

시험

나는 하인이지만 일이 없다. 나는 소심해서 앞에 나서지 않고 다른 이들과 경쟁해 본 적조차 없지만, 그것은 내가 일이 없는 이유 중 하나에 불과하다. 그건 내가 일이 없는 것과 아무 상관이 없을 수도 있다. 어쨌거나 문제는 내가 업무에 불려 가지 않는다는 것이다. 다른 하인들은 불려 가기 때문에 나처럼 일을 얻으려고 더 이상 애쓰지 않았다. 나는 자주 일을 얻기를 몹시 바랐던 반면, 그들은 어쩌면 일로 불려 가는 걸 바란 적이 단 한 번도 없었을 수도 있다.

그래서 나는 하인방 나무 침상에 누워 천장의 대들보를 올려다보고 잠들었다가, 깨어나서는 또다시 잠이 든다. 이따금 나는 시큼한 맥주를 파는 여인숙으로 건너간다. 가끔씩 불쾌해져서 그것을 쏟아 버리지만, 그리고 나서는 다시 마신다. 나는 거기 앉는 걸 좋아하는데, 닫힌 작은 창문 뒤에 앉아 있으면 누구에게도 발견되지 않은 채 건너편 우리 집 창문을 들여다볼 수 있기 때문이다. 거기서는 이곳이 많이 보이지 않는다. 내 생각에는 복도 창문만이 거리를 향해 나 있고 그 밖에 주인 방으로 통하는 저편 현관의 창문들은 그렇지 않기 때문이다. 그렇지만 내가 잘못 생각한 것일 수도 있다. 내가 묻지도 않았는데 한번은 누군가 그렇게 주장한 적이 있었다. 그리고 이 집의 정면에 대한 전반적인 인상이 그것을 입증한다. 창문이 열리는 경우는 아주 드물다. 그런 일이 일어난다면 그건 아마 하인이 잠시 아래를 내려다 보려고 창문턱에 기대 있는 것이다. 그러니까 그것은 그가 들키지 않을 수 있는 복도일 것이다. 어쨌거나 나는 이 하인들을 모른다. 계속 위에서 일하고 있는 하인들은 내 방이 아닌 다른 곳에서 잠을 잔다.

한번은 내가 여인숙에 들어갔을 때 내가 앉아 관찰하는 자리에 이미 손님이 앉아 있었다. 나는 감히 쳐다볼 수가 없어 바로 문에서 몸을 돌려 나가려고 했다. 그러나 그 손님이 나를 불렀는데, 그도 역시 하인으로 언젠가 어디선가 본 적이 있었지만 지금껏 같이 이야기한 적은 없었다. "왜 도망치려는 거야? 이리 와서 앉아 한잔해! 내가 낼게." 그래서 나는 앉았다. 그는 몇 가지를 물었지만, 나는 대답할 수가 없었다. 나는 그 질문조차 이해하지 못했다. 그 때문에 이렇게 말했다. "아마 너는 지금 날 부른 걸 후회하고 있겠지. 그럼 갈게." 그리고 나는 일어나려 했다. 그러나 그는 탁자 위로 손을 뻗어서는 나를 앉혔다. "그냥 있어." 그는 말했다. "그건 시험일 뿐이었다구. 질문에 대답하지 않는 사람이 시험에 합격한 거지."

VIII

•
•
•
•

언어는 감각세계 외부에 있는 모든 것에 대해서

암시적으로만 사용될 뿐

결코 거기에 근접하여 비교하며 사용될 수 없다.

대비

미래에 대해서만 대비하는 사람은 순간에 대해서만 대비하는 사람보다 대비력이 떨어진다. 왜냐하면 그는 순간에 대해 대비해 본 적도 없으면서 그 순간의 지속에 대해서만 대비하고 있기 때문이다.

로빈슨 크루소

　로빈슨이 위로를 바라서, 소심해서, 두려워서, 무지해서, 먼 곳을 동경해서 그 섬에서 가장 높은, 혹은 더 정확히는 가장 전망이 잘 보이는 곳을 절대 떠나지 않았더라면, 그는 곧 죽었을 것이다. 그러나 배와 거기 있는 성능이 떨어지는 망원경을 염두에 두지 않고 섬 전체를 탐험하며 스스로 즐기기 시작했기 때문에 그는 살아남았고, 결국에는 이성적인 결과를 얻었다.

자살

　자살하는 인간은 교도소 마당에 교수대를 세우는 걸 보고 그게 자기 것인 줄 착각하고는, 밤에 자기 감방에서 탈옥해 아래로 내려가 스스로 목매달아 죽는 죄수이다.

허무

이 세상의 결정적인 특징은 허무다. 이런 의미에서 수백 년
은 눈을 깜빡이는 한 순간보다 나을 게 없다. 허무가 지속된
다는 건 그래서 아무런 위안이 안 된다. 폐허에서 새 삶이 피
어난다는 건 삶이 지속된다는 것보다 죽음이 지속된다는
걸 더 입증한다. 이제 내가 이 세상과 싸우려 한다면 나는 세
상이 지닌 그 결정적인 특징과 싸워야 한다, 즉 그 허무에 맞
서 싸워야 한다. 내가 그걸 이 삶 속에서, 그것도 희망과 믿
음 속에서만 싸우는 게 아니라 실제로 해낼 수 있을까?

너는 그러니까 세상에 맞서 싸우려 하지. 그것도 희망과
믿음보다 더 실제적인 무기로 맞서 싸우려 하지. 하긴 그런
무기야 있겠지만 그건 특정한 전제 하에서만 인식하고 사용
할 수 있지. 나는 제일 먼저 네가 이런 전제를 갖추고 있는지
먼저 보고 싶어.

확인해 봐, 그러나 내가 그 전제를 갖추고 있지 않다면 어쩌면 얻을 수 있을 거야.

당연하지, 하지만 그때 내가 널 도와줄 순 없을 거야.

넌 그러니까 내가 이미 그 전제를 갖추고 있을 때만 날 도와줄 수 있단 말이지.

그래, 더 정확하게 말하자면 난 널 전혀 도와줄 수 없어. 왜냐하면 네가 만약 그 전제를 갖추고 있다면, 이미 넌 모든 걸 가진 거니까.

그게 그렇다면, 왜 넌 날 먼저 시험하려 드는 거지?

네가 가지고 있지 않은 걸 네게 보여주려는 게 아니라, 네가 뭔가 가지고 있지 않다는 걸 네게 보여주려는 거야.

그걸로 어쩌면 나는 네게 일종의 이득을 줄 수도 있었겠군, 왜냐하면 너는 네가 뭔가를 가지고 있지 않는 걸 알기까지 하지만, 그걸 믿지 않으니까.

너는 그러니까 내 근본적인 질문에 대해서 내가 그 질문을 해야만 했다는 증거만 제공할 뿐이군.

나는 뭔가 그 이상의 것을 제공하고 있어. 네가 지금 사정상 전혀 정확하게 표현하지 못하는 뭔가를 말이야. 나는 네가 실은 근본적인 질문을 달리 제기해야만 했었다는 증거를 제공하고 있다고.

그 말은 그러니까 이 뜻이군. 너는 나에게 대답하고 싶지도 않으며, 대답할 수도 없다고. "너에게 대답하지 않는다" – 그런 거군.

그리고 바로 그 믿음을 – 그 믿음을 줄 수는 있지.

고통

우리를 둘러싼 그 모든 고통에 대해 우리 역시 괴로워해야만 한다. 그리스도는 인류를 위해 고통받았지만 인류는 그리스도를 위해 괴로워해야 한다. 우리 모두가 한 육신은 아니지만 성장하는 것은 같다. 그래서 그건 이런 형태로든 저런 형태로든 우리가 그 모든 고통을 거치게끔 한다. 그건 마치 아이가 노인이 되고 죽을 때까지 인생의 전 단계를 다 거치게 되는 것처럼(그리고 어느 단계든 원래 그 앞 단계에서는 다음 단계에 대한 갈망 때문이든 두려움 때문이든 그다음 단계에 이르지 못할 것처럼 보인다) 우리 자신 또한(우리 자신만큼이나 인류에 깊게 연관되어) 이 세상의 모든 고통을 거치게 된다. 이런 맥락에서 정의正義가 설 자리도 없지만, 고통에 대한 두려움이나 공로로서 고통에 대한 해석이 설 자리 또한 없다.

야경꾼

나는 첫 번째 야경꾼을 지나쳐 뛰어갔다. 그러고 나서 나는 깜짝 놀라 되돌아가 그 야경꾼에게 말했다.

"전 당신이 다른 쪽을 보는 동안 여길 지나쳐 뛰어갔어요."

야경꾼은 앞을 바라보며 아무 말도 하지 않았다.

나는 말했다.

"저 그러지 말아야 했나 봐요."

야경꾼은 여전히 아무런 말도 하지 않았다.

"당신의 침묵은 지나가도 된다는 뜻인가요?"

샘

그는 목이 마르다. 그는 막 숲을 지나 샘에서 멀어졌다. 하지만 그는 둘로 나뉘었다. 첫 반쪽은 전체를 내려다보는데, 그는 여기 서 있고 샘이 바로 그 옆에 있는 걸 본다. 하지만 나머지 한쪽은 아무것도 감지하지 못한다. 기껏해야 첫 반쪽이 모든 걸 보고 있다고 어렴풋이 추측할 뿐이다. 하지만 그는 아무것도 느끼지 못했기 때문에 물을 마실 수가 없다.

언어

언어는 감각세계 외부에 있는 모든 것에 대해서 암시적으로만 사용될 뿐 결코 거기에 근접하여 비교하며 사용될 수 없다. 왜냐하면 그것은 감각 세계에 상응하여 소유와 그 소유관계만을 다룰 뿐이기 때문이다.

사람들은 가급적 거짓말을 적게 할 때만 거짓말을 적게 하는 것이지, 거짓말을 할 기회가 적어 거짓말을 적게 하는 것은 아니다.

식사

　그는 자기 식탁에서 떨어진 쓰레기를 먹어치운다. 그래서 잠깐 동안은 다른 사람들보다 더 배를 채우지만 식탁 위의 것을 먹는 것은 잊어버린다. 그리고 그 때문에 떨어지는 쓰레기도 멈춰 버린다.

가장 만족을 모르는 자들

많은 고행자들은 가장 만족을 모르는 자들이다. 그들은 인생의 전 영역에서 단식투쟁을 벌이며 그것으로 다음의 것들을 동시에 이루려 한다.

1. 어떤 한 목소리는 이렇게 말해야 한다는 것이다: 충분하다. 너는 충분히 단식을 했다. 이젠 다른 사람들처럼 식사를 해도 되며 그것은 식사로 치지 않을 것이다.
2. 같은 목소리로 동시에 이렇게 말해야 한다는 것이다: 너는 그동안 억지로 단식을 했다. 이제부터는 즐겁게 단식할 것이다. 그것은 음식보다 더 달콤할 것이다(그러나 동시에 너는 또한 정말로 먹을 것이다).
3. 같은 목소리로 동시에 이렇게 말해야 한다는 것이다: 너는 세상을 이겨 냈다. 나는 너를 세계로부터, 식사로부

터 그리고 단식으로부터 해방시켜 주겠다(그러나 동시에 너는 단식도 하고 먹기도 할 것이다).

거기에 예전부터 그들에게 끊임없이 말을 거는 목소리가 들려온다: 너는 완벽하게 단식하지는 않지만, 네 의지가 훌륭하다. 그걸로 족하다.

우리는 바벨탑 아래 굴을 판다

카프카 예술의 요체는 독자로 하여금 다시 한번 더 읽지 않을 수 없게 만드는 데 있다. 작품의 결말 또는 결말의 결여는 여러 가지 설명 방법들을 암시해 주지만 이 설명들이 분명하게 드러나 있는 것은 아니어서 그것이 설득력 있게 되려면 이야기를 새로운 각도에서 다시 한번 읽지 않으면 안 된다. 때로는 이중의 해석이 가능하며 그러기에 두 번 읽어야 할 필요성이 생긴다. 이것은 곧 작가가 노렸던 것이다. 그러나 카프카의 작품을 세부까지 다 해석하려는 것은 잘못이다. 상징은 항상 일반적인 것 가운데 있으며 상징에 대한 해석이 아무리 정확한 것이라 할지라도 예술가는 그 속에 전체적인 움직임을 재현해 놓은 것에 불과하다. 즉 한마디 한마디가 다 맞아떨어지게 옮겨 놓을 수는 없는 것이다. 사실 상징적 작품보다 더 이해하기 어려운 것은 없다. 상징은 그것을 사용하는 사람을 초월하며 사실상 그가 의식적으로 표현하고자 한 것 이상을 말하게 한다.

_ 알베르 카뮈[*]

---

* 프란츠 카프카의 작품 속에 나타난 희망과 부조리, 《시지프 신화》, 책세상, 1997

프란츠 카프카는《변신Die Verwandlung》,《소송Der Prozeß》,《성Der Schloß》등의 작품으로 국내에 잘 알려진 대표적인 독일어권 작가 중 한 명이다. 카프카는 1883년 7월 3일 당시 오스트리아·헝가리 제국의 프라하에서 독일계 유대상인의 아들로 태어났다. 프라하에 거주하는 독일계 유대인이라는 출생 배경은 후에 작품에서 어느 쪽으로도 가지 못한 채 경계선 위에 머물러 있는 경계인의 이미지로 형상화된다. 당시 프라하에 거주하던 독일인은 약 7%의 소수집단이었는데, 그 집단이 지닌 폐쇄적 성격은 카프카 문학에서 경계인, 그리고 소외문제로 나타난다.

완고한 현실주의자였던 아버지와의 갈등 역시 카프카의 문학에 큰 영향을 미친다. 자수성가한 유대인 상인으로서 현실적이었던 아버지 헤르만 카프카는 아들의 예민한 문학적 감수성을 이해하지 못했다. 그에게 카프카는 자신의 뒤를 이을 상인으로서 재능이 없는 몽상가였다. 반면 카프카에게 아버지는 오로지 자신의 일과 성공에만 천착하는 완고하며 냉혹한 존재로 비쳤다. 아버지의 몰이해와 갈등은 카프카가 주변 세계와 내면세계 사이의 괴리감을 느끼고 자기 폐쇄적 성향을 가지게 되는 원인 중 하나가 된다.

카프카에게 문학이란 자신의 존재 이유와 같은 것이었다. 카프카의 연대기에서 잘 알려진 스캔들이지만, 그가 연인 펠리체 바우어와 두 번의 약혼과 파혼을 한 이유는 궁극적으로 작가로서의 삶을 위해서였다. 그녀의 아버지인 카를 바우어에게 쓴 편지에서 카프카는 자신이 "문학 이외에는 그 무엇도 아니며, 다른 그 무엇도 될 수 없고, 되고자 하지 않는다"고 말하며 자신의 직장 생활, 가족과 결혼에 대한 부담감과 거부감을 밝힌다.

또한 카프카는 "책은 도끼여야 한다"는 유명한 말을 남긴다. 카프카가 1904년 친구 오스카 폴락에게 보낸 편지에서였다.

네 말대로라면 책이 우릴 행복하게 해주도록 읽어야 하나? 글쎄, 책을 읽어 행복해질 수 있다면 책이 없어도 마찬가지로 행복할 거야. 그리고 행복하게 해 주는 것이 책이라면 아쉬운 대로 자기가 써 볼 수도 있겠지. 그러나 우리가 필요로 하는 책이란 우리를 몹시 고통스럽게 하는 불행처

럼, 자신보다 더 사랑했던 사람의 죽음처럼, 자살처럼 다가
오는 책이야. 책은 우리 내면의 얼어붙은 바다를 깨는 도끼
여야 해.

편지에서 카프카는 문학은 "행복"을 위한 것이 아니라 오
히려 "불행"과 같은 것이어야 한다고 말하고 있다. 그에게 문
학이란 평안한 대지 위에서 느낄 수 있는 충만감과 같은 행
복감이 아니다. 오히려 그것은 사랑하는 이의 죽음, 자살처
럼 갑작스럽게 엄습해 오는 공포, 피할 길 없는 공포와 같은
것, 마치 두 발 아래의 땅이 갑자기 내려앉는 것과 같은 불
행이다. 지금까지 무릇 그러하다고 믿고 살아 오던 것, 지금
껏 믿어 온 세계의 가치체계가 해체되고 모든 존재의 의미
가 지하로, 바닥 없는 심연으로 푹 꺼지며 추락하는 순간,
비로소 그때 사람들은 처음으로 세계의 본질을 본다. 여기
서 '본질'이라는 것은 존재론적인 제1원인, 고정불변한 그 무
엇을 의미하는 것이 아니다. '세계의 본질'이란 실은 그 무엇
도 없는 상태, 애당초 아무것도 없는, '무無'라는 관념조차도
존재하지 않는 상태이다. 다만 그저, 지금까지 세상은 그러

한 것처럼, 그러한 가치와 관념체계가 존재하는 것처럼 믿고 살아 왔을 뿐이다. 그 허위의 껍질을 벗길 수 있는 것은 문학이라고 카프카는 말한다. 문학을 통해 비로소 우리는 지금껏 그러하다고 믿어 왔던, 은폐되어 있던 날것으로의 세계의 모습을 보게 된다. 카프카에게 있어 문학은 "우리 내면의 얼어붙은 바다를 깨는 도끼"이며, "얼어붙은 바다"를 깰 수 있는 충격적인 힘이며, 고통스러운 인식의 체험임을 의미한다.

카프카의 문학은 세계의 부조리함과 불가해성에 대한 인식을 바탕으로 우리가 살고 있는 세계와 우리 자신의 존재 이유에 대해 끊임없이 성찰하게 한다. 존재에 대한 근원적 불안과 세계의 부조리에 대해 고통스러우면서도 집요한 관찰은 비유를 통해 우리에게 선명하게 다가온다. 아포리즘 또는 우화 형식의 단편은 카프카 자신이 평생을 두고 고민한 세계의 불완전함과 부조리의 문제를 짧으면서도 가장 강렬하게 표현한다. 자신의 한계를 벗어나려 하지만 결국 그 한계 속에 갇혀 벗어나지 못하는 운명. 믿어 의심치 않던 주변 세계의 확실성이 순식간에 사라져 버리고 자신은 그저 '세계에 내던져진 존재'에 불과하다는 불안감이 엄습하는 순간. 이러한 인식의 단상을 카프카의 단편들은 비유와 상징을 통해 가장 압축적이면서도 시적으로 형상화한다. 그런 이유에서 단편들은 그 자체로 높은 문학적 가치를 지니며, 또한 카프카 연구에서 다른 문학작품에 접근하기 위한 중요한 열쇠가 된다.

이 책에 수록된 작품들은 카프카의 유고 노트와 단편에서 발췌한 것이다. 작품의 제목은 카프카 사후 발간된 작품집의 편집 과정에서 막스 브로트가 붙인 제목이 있는 경우는 그대로 사용했고, 제목이 없는 경우는 편집상 편의를 고려해 역자가 임의로 붙인 것이다.

이 단편집에 가장 먼저 실려 있는 작품은 〈비유에 대하여 Von den Gleichnissen〉이다. 이 작품을 별도의 장에 포함시키지 않고 마치 프롤로그처럼 편집한 데에는 중요한 이유가 있다. 이 작품은 비유 자체를 다룬 비유, '비유에 대한 비유'로서 비유가 가진 존재론적 모순을 보여준다. 또한 동시에 〈비유에 대하여〉를 통해 표현된 비유의 의미는 카프카의 다른 작품에 나타나 있는 비유와 상징을 이해하기 위한 단초가 될 수 있다.

〈비유에 대하여〉는 서술 태도에 따라 크게 두 부분으로 나눌 수 있는데, "많은 사람들은"처럼 일반화된 상황을 전제로 시작하는 첫 부분과 "왜 너희는 스스로를 가로막지?"로 질문을 던지는 두 사람의 대화 부분이다. 우선 첫 부분에서 서술자는 '비유'라는 것이 지닌 일반적인 속성에 대해 설명한다. "저편으로 가자"는 현자의 말은 '비유Metapher'의 그리스어 어원 'metaphorá ($\mu\varepsilon\tau\alpha\varphi o\rho\acute{a}$)'와 관계가 있다. 본디 어원상 Metapher는 '저편'의 의미인 'meta'와 '옮기다, 데리고 가다'의 'phora'가 결합된 것으로 '저편으로 옮겨가다', '저편으로 데리고 가다'라는 뜻이다. 따라서 현자가 의미하는 '저편'이란, 말로서 표현할 수 있는 것 너머에 있는 것으로 비유의 본래적 속성을 뜻한다. 현자가 의미한 이 '저편'에 대해 서술자는 "어떤 전설 속에 존재하는 것과 같은 곳", "미지와 같은 곳"으로 표현하며, 그곳이 "현자 자신도 구체적으로 표현할 수 없기 때문에 지금 우리에게는 실상 어떤 도움도 줄 수 없다"는 판단을 내린다. 여기서 서술자는 두 종류의 세계와 인간을 전제한다. 하나는 '현자의 저편'이며, 또 하나는 '우리의 지금(현실)'이다. 여기에는 저편세계와 현실세계는 다르며, 두 세계에 존재하는 법칙 또한 다르다는 인식이 담겨 있다. 이어 서술자는 "이런 모든 비유들이 원래 말하려는 것은 다름이 아니라 파악할 수 없는 것은 파악할 수 없다는 것"이라 말한다. 다시 말해 '저편으로 옮겨 가는 것'으로서 비유가 가진 본래적 의미는 '이편'이라는 현실세계의 법칙으로는 파악할 수 없는 것이기에 '저편' 세계로 옮기는 것이다. 인간이 사용하는 언어가 가진 껍질로서의 기표記標, signifiant는 본디 의도한 말의 의미, 기의記意, signifié를 다 표현하지 못한다. 결국 비유를 사용한다는 것은 아무리 섬세하고 정교한 언어적 표현을 써도 이 '지상의' 언어로 완전히 표현할 수 없다는, 일종의 '포기'의 표현이다. 그렇기에 '저편'의 언어로서 비유를 사용한다는 것은 '파악할 수 없는 것은 파악할 수 없다'는 일종의 고백이기도 하다.

두 사람의 대화는 "너희가 비유를 따라간다면 너희 스스로가 비유가 될 것"이라는 말로 시작한다. 그러자 다른 한 사람이 "그 말도 비유"라고 말한다. 여기서는 편의상 먼저 "비유가 될 것"이라 말한 사람을 A, "그 말도 비유"라 말한 사람을 B라 하자. 그러자 A는 "네가 이겼어"라고 말한다. 즉, "비유를 따라간다면 스스로 비유가 될 것"이라는 말 또한 비유라는 데는 동의한다. 이어 B가 "그러나 유감스럽게도 비유 속에서만" 그렇다고 말하자 A는 "아니, 현실 속에서 그렇지, 비유 속에서는 진 것"이라 말한다. 이는 〈비유에 대하여〉의 첫 부분에 언급된 "파악할 수 없는 것은 파악할 수 없는 것"으로서 비유가 가지는 의미와 일치한다. 간단히 보기에 수사적 장난처럼 보이는 이 문구의 의미는 다음과 같다. B는 "비유를 따라간다면 스스로 비유가 될 것"이라는 말이 "비유 속에서만" 그러하다고 말하자, A는 "현실 속에서 그렇다"고 말한다. "비유를 따라간다면 스스로 비유가 될 것"이라는 표현 자체는 A의 말대로 비유이다. 그 이유는 "비유를 따라간다면 스스로 비유가 될 것"이라는 표현은 현실 세계 너머의, 형이상적 의미를 내포하고 있기 때문이다. 따라서 "비유를 따라간다면 스스로 비유가 될 것"이라는 표현은 이 현실의 언어로는 표현할 수 없기 때문에 저편 세계로 그 의미를 '넘긴다'는, 현실에서는 표현이 불가능하다는 고백이다. 그리고 물론 이러한 고백이 이루어지는 장소는 '저편'이 아닌 '이편'이다. 이는 노자가 '도道'를 두고 '도가도비상도道可道非常道'라 표현한 것과 유사하다. 간단히 말하면, 이는 '도를 도라 말할 수 있다면 그것은 도가 아니다'라는 표현으로, 끊임없이 변화·생성하는 '도'의 성격을 드러낸다. 현실세계의 원리로 포착할 수도, 파악할 수도, 개념화할 수 없는 '도'에 대한 표현이다. 비유 역시 '이편'의 언어로 말해질 수 없기에 '저편'으로 '넘기는' 것이며, 이는 "파악할 수 없는 것은 파악할 수 없는 것"이라는 의미를 드러낸다. 이는 이 책에 실린 카프카의 단편에 접근하기 위한 중요한 전제가 된다.

〈북경의 황제〉에는 끝없이 광대한 대륙으로서 중국과 그 땅의 신과 같은 존재로서 황제가 등장한다. 작품에서 서술자는 "북경 자체는 동네 사람들에게 내세보다 더 멀리 있는 것이다"라고 말하며 "우리는 사실은 황제가 없다"는 것이 진실에 가까운 것이라 한다. 그러면서도 그는 "이런 태도가 미덕이라 할 수는 없다"고 말하고 있다. 왜냐하면 '실은 없는 황제'의 존재를 가정함으로써 민족은 단합하여 살고 있다는 것이다. '실은 없는 황제'에 대한 가정은 "양심의 문제"가 아닌 "우리가 살고 있는 땅"과 같은 것으로 "우리의 두 다리를 뒤흔드는 문제"라고 한다. 이는 황제에 대한 충성심 때문에 황제는 존재하지 않는데, 있다고 말해야 한다는 의미가 아니다. 실은 존재하지 않지만, 혹은 존재하든 존재하지 않든 그 존재 여부를 떠나 "내세보다 더 멀리" 북경에서 떨어진 곳에 살고 있는 변방의 사람들에게 '황제'는 실상 없는 것과 다름 없다. 그럼에도 '황제'라는 존재 자체는 "우리 두 다리 아래에 있는 땅"과 같은 것인데, 그의 존재를 상정함으로써 비로소 민족이 단합하고 중국이라는 거대한 나라가 존립할 수 있다는 것이다. 여기서 '존재의 존립'이라는 주제는 카프카의 작품에서 매우 다양한 형태로 변형되어 등장하는 중요한 모티프이다. 〈북경의 황제〉에서 '황제'는 중국이라는 광대한 대륙의 통치자로서 신과 같은 존재처럼 보이지만, 실상 큰 영향력도 없다. 그러나 그 존재 자체로 중국이라는 나라가 존립한다는 것이다. 다시 말해 실제로는 어떤 존재가 존재하는

데 황제가 실로 별 도움이 안 되는데도 된다고 믿음으로써 존재의 정당성을 확보하는 것이다. 이는 카프카가 살던 시대를 고려해 보면 니체Nietzsche가 선언한 '신의 죽음'과 같은 맥락에서 이해할 수 있다. '신'으로 상정된 언제나 영구불변한 진리와 같은, 확고한 가치의 해체는 더 이상 누구를 믿어야 할지, 더 이상 누구에게 의지해야 좋을지, 존재의 존립에 대한 정당성의 문제로 귀결된다. '신'과 같이 지금껏 진리라 믿어온 것은 "우리 두 다리 아래에 있는 땅"과 같은 것이다. '신'과 같은 어떤 절대적인 진리나 본질을 근거로 도덕률과 같은 인간의 관념체계가 세워지며 사고가 확장되어 나간다. 그러나 그 근거가 해체되면서 더 이상 믿어도 좋은 것이 무엇인지 알지 못하는 혼돈 상태에 빠지게 된다. "우리 두 다리 아래에 있는 땅"이 무너지는 순간인 것이다.

II, III부의 작품들은 크게 유대교 및 성서, 건축과 건설을 주요 모티프로 한다. 〈바벨탑〉, 〈바벨탑의 굴〉, 〈도시 문장〉 등에서 바벨탑은 대표적인 '건축'의 모티프로 등장하며, 애초부터 쌓을 수 없는 것을 쌓으려는 무의미한 시도를 상징한다.

앞서 〈북경의 황제〉에서 언급된 것처럼 "우리 두 다리 아래에 있는 땅"과 같은 튼튼한 대지 위에 인간은 탑을 쌓으려 한다. 그러나 기반 자체가 없는 곳에서 탑은 지을 수 없다. 기반 자체가 없으므로 더 높은 탑을 축조하는 사람이 타고 올라갈 수 있는 아래쪽 탑도 없다. 〈바벨탑〉은 이러한 탑 축조에 내재된 역설을 표현한다. "만약 바벨탑에 오르지 않고서도 그걸 지을 수 있었더라면 신은 바벨탑의 축조를 허락했을지도 모른다." 여기서 바벨탑은 신의 권위에 도전하는 인간의 오만불손함을 의미하지 않는다. 오히려 하늘에 치솟은 바벨탑은 신이라는 천상의 진리를 향해 한 뼘 더 다가가기 위해 손을 뻗으려는 인간의 의지라 할 수 있다. 그러나 그 진리를 추구하는 인간의 열망과는 달리 처음부터 거기에 도달할 수 있는 길은 없다. 기반이 없는 곳에 탑을 쌓는 행위는 애초부터 헛된 일이기 때문이다.

그렇다면 가망이 없기 때문에 처음부터 절망할 수밖에 없는 걸까? 〈바벨탑의 굴〉에는 반대로 바벨탑 위에 있는 사람이 등장한다. "나는 지하를 파려고 해. 좀 진척이 있어야지. 내가 있는 곳은 너무 높은 곳이야." 세워질 수 없는 탑인 바벨탑 위에서 그는 지하를 파려 한다. 그리고 다음 문장에서 서술자는 이를 "우리"의 이야기로 정리한다. "우리는 바벨탑 아래 굴을 판다." 세워질 수 없는 탑 위에서 지하를 파려 하는 시도, 이는 세계의 부조리에 도전하는 인간의 모습이라 할 수 있다. 진리, 본질이라는 것은 애당초 존재하지 않으며 그 허무 위에 쌓을 수 있는 탑이 없는데도 탑이 있다고 '가정' 하고 살아가는 것이 이 세계가 가진 본래적 모순이라면, 그 모순의 끝에서 자신의 존재 근거를 스스로 마련하기 위해 인간은 노력한다. 비록 그 시도가 완성이라는 아름다운 결말에 이르지 못하게 될 것을 알면서 말이다. 그는 '우리 두 다리 아래' 밑도 끝도 없는, 아무것도 없는 허무의 심연에 익사하지 않는다. 이미 그는 '바벨탑 위'라는 자체모순적인 상황에 처해 있다. 그러나 그것이 피할 수 없는 모순이라면, 진리 없는 세상에 없는 진리를 믿고 살아가야 하는 모순이 피할 수 없는 것이라면, 그 자신의 존재 근거는 스스로 구해야 한다는 것이다. 고통스럽게 세계의 모순을 직시하며 절망하고, 그 모순이 해결될 수 없다는 걸 알면서도 치열하게 그 자신의 의미를 추구하는 것, 스스로를 구원하는 것, 그것이 카프카에게 있어서 투쟁하는 인간의 모습이다.

IV부에는 프로메테우스, 포세이돈, 사이렌 등 신화적 모티프가 등장한다. 다만 코카서스 산에 묶인 프로메테우스, 바다의 신 포세이돈, 남자를 유혹하는 사이렌 등 신화에서 차용된 모티프는 새로운 이야기로 재구성된다. 카뮈가 부조리에 도전하는 인간상으로서 프로메테우스를 제시했던 데 비해, 카프카에게 있어서 프로메테우스는 그저 전설의 대상으로 나타난다. 그를 둘러싼 네 가지 전설 중 마지막은 그의 전설이 잊혀지자 "사람들은 지쳤다"는 것이다. 서술자는 그 전설 이후에 남아 있는 것은 바위산이며 또다시 전설은 바위산의 수수께끼를 설명하려고 하는 상황을 제시한다. 그리고 "전설은 진실을 근거로 생겨나는 것이기 때문에 전설은 다시 수수께끼 속에서 끝나야 한다"고 말하고 있다. 프로메테우스에 대한 네 가지 전설 중 진실은 오리무중이다. 그러나 "전설은 진실을 근거로 생겨나는 것이기 때문에" 이 전설들은 허위이며 전설들은 수수께끼로 남을 수밖에 없다.

VI, VII, VIII부에는 독수리, 용, 호랑이와 같은 동물, 또 산초 판사와 로빈슨 크루소 같은 문학 작품의 주인공, 카프카가 만든 허구의 인물 등 다양한 모티프가 있다. 그중 카프카의 작품세계에서 '경계에 있는 인간'을 가장 잘 표현하는 인물은 〈사냥꾼 그라쿠스〉이다. '그라쿠스Gracchus'라는 이름은 작가 카프카와 밀접한 연관성을 암시한다. 그 이름의 어원을 거슬러 올라가 보면 라틴어의 'graculus'는 까마귀를 의미한다. 카프카의 이름 역시 체코어로 까마귀를 뜻한다. 이러한 유사성에서 사냥꾼 그라쿠스에는 작가 카프카 자신의 모습이 투영되어 있다고 추측할 수 있다. 죽어서도 이승을 떠돌고 있는 사냥꾼 그라쿠스는 저승에도, 이승에도 속하지 못한다. 독일의 저명한 카프카 학자 엠리히Emrich에 따르면 이승과 저승이라는 공간은 '안전한 질서' 내에 있는 공간을 의미한다. 즉 경계가 분명한 세계이다. 그라쿠스는 "죽음의 나룻배가 길을 잘못 들어" 저승으로 가지 못한 채 이승을 떠돌고 있다. 이는 이승뿐 아니라 저승의 질서 밖에서 떠돌고 있는 상황을 암시한다. 그라쿠스는 죽었으나 저승에 들어가지 못해 죽은 자의 세계의 질서 밖에 있고, 또 이승에 있지만 이미 죽은 그는 살아 있는 세계의 질서를 따를 수도 없다. 그라쿠스는 "키가 없는 나룻배"에 실려서 '죽었으나 죽지 못한 채' 이승을 떠돌고 있다. 이는 '신의 죽음'으로 대변되는 기존 관념체계의 해체 후 아무런 방향 없이 허무 속을 떠돌고 있는 현대인에 대한 상징으로 읽어 볼 수 있다. 이들은 죽음에 대한 의문 없이 살아 있는 동안 일상 속에 매몰되어 살아간다. 차라리 '신의 죽음' 전의 인간은 죽으면 낙원에서 영원한 안식을 누릴 수 있었다. 그러나 현대인에게 그런 안식을 주는 신은 이미 죽었다. 그래서 '죽어서도 죽지 못하는' 그라쿠스는 산 자도, 온전히 죽은 자도 아닌 채 이승에 머무르고 있다.

〈사냥꾼 그라쿠스〉에서 죽은 그라쿠스를 실은 배가 항구에 들어올 때 일상적 삶 속에 있는 이들은 아무도 그 배에 관심이 없다. 주사위 놀이를 하는 두 소년, 신문을 읽는 남자, 양동이에 물을 채우는 소녀, 과일 장수, 술을 마시는 두 남자, 이들은 모두 자신의 일상 속에 있다. 죽음은 서서히 가까이 다가오고 있지만 일상에서 그것에 대해 진지하게 생각하는 사람은 없다. 그라쿠스의 경우도 마찬가지이다. 그는 "즐거이 살았고, 즐거이 죽었다." 심지어 죽음을 맞이했을 때조차도 그는 "처녀가 웨딩드레스를 입듯 수의를"입는다. 살아 있는 동안 사람들은 그를 "슈바르츠발트의 위대한 사냥꾼"이라 불렀고, 그는 자신의 일을 "축복 받은 일"이라 말한다. 그라쿠스의 삶에 대한 태도는 낙천주의 그 자체이다. 살아 있는 동안 그는 지상적 가치에 충실했다. 그러나 그러고 나서 "불행한 일"이 일어난다. "내 산에서만 살려고 했던 내가 죽고 나서는 지상의 온갖 나라들을 돌아다니고 있소." 살아 있는 동안 자신의 삶에서 자족을 누렸던 그라쿠스는 죽어서 온 세상을 떠돌고 있는 것이다. 스스로 자족하며 살았다고 생각하며 만족하지만 그는 사냥꾼으로서 그저 '산'이라는 일상밖에 몰랐다. 죽어서야 그는 세상을 떠돌아다니며 비로소 죽는다는 것, 그리고 산다는 것의 의미를 알게 된다.

이는 살아 있는 동안 죽음에 대해서 생각하라는 의미로 생각할 수도 있다. 그러나 "길을 잘못 드는" 순간, 그 이전에 가지고 있던 가치와 질서의 체계에서 이탈하여 모든 의미가 해체되는 순간, 그가 보는 세계는 달라진다. 상실감과 혼돈 속에서 부유하는 이 상태를 그라쿠스는 "불행"이라 표현하지만, '산' 밖에 모르던 그는 '온 세상'을 알게 된다. 이는 그가 이전에 알던 세계가 아닌 '낯선' 세계이다. 안온한 질서의 울타리에서 벗어나 이제 그는 새로운 세계를 발견하게 되는 것이다. 그래서 그는 죽었지만, '살아 있기'도 하다. 한 세계의 죽음을 맞이하고 새로운 세계를 발견하게 되는 것이다. 그라쿠스는 그 '죽은' 세계의 인간으로 살아 있는 인간들 속에서 '살아가고' 있는 것이다. 죽어서 낙원의 안락함을 누리지 못하고 온 세상을 떠돌아다녀야 하는 그의 운명은 불행하지만, 그로써 비로소 세상의 모습을 알게 된다. 이는 고통스러운 자기 인식을 통해 허무를 극복하고 자기 자신을 해방하는 실존적 과정이라 할 수 있을 것이다.

'비유를 따라갈 때 스스로 비유가 되기'에 실로 여기 실린 역자의 해설 또한 카프카의 작품에 대한 한 단상일 뿐이다. 그럼에도 '우리는 바벨탑 아래 굴을 판다.'

난해한 비유, 두서없이 던져진 문장들, 그 미궁과 같은 텍스트 속에서 명쾌하게 탈출하려 시도하기보다는 탈출구를 포기한다면 어떨까? '오로지 여기로부터 떠나는 것, 오로지 그것만이 목적지에 도착할 수 있는' 방법이 아닐까?

'그 진정 어마어마한 여행'을 즐기시길 기대하며,

2015년 5월

김성화

프란츠 카프카 연보

1883년   7월 3일 당시 오스트리아·헝가리 제국에 속해 있던 체코의 프라하에서 체코계 유대상인 헤르만 카프카와 아내 율리에 헤르만 사이에서 장남으로 출생.

1889년   프라하 시내 독일계 초등학교 입학.

1893년   프라하 시내 독일계 김나지움에 입학.

1901년   프라하의 카를-페르디난트 대학에 입학하여 독문학 공부했으나 아버지의 강력한 권유로 법학을 전공하여 1906년 법학 박사 학위 취득.

1902년 막스 브로트의 강의를 듣고 친분을 쌓은 후 죽을 때까지 유대관계를 유지. 몇몇 유대계 인사들과 정기적으로 만나면서 문학 '프라하 서클'이 형성됨.

1903년 법학국가고시에 합격. 시, 산문을 쓰기 시작함.

1904년 가을부터 다음 해에 걸쳐 《어떤 투쟁의 기록》을 집필.

1907년 지방법원과 형사법원에서 법관 시보로 근무.

1908년 프라하 '보헤미아 왕국 노동자 재해보험공사'에 입사하여 14년 간 근무하다 1922년에 퇴직.

1910년 일기를 쓰기 시작. 막스 브로트와 파리, 북부 이탈리아 등을 여행.

1912년 브로트의 소개로 베를린 출신의 펠리체 바우어를 알게 돼서 서신을 주고받게 됨. 《실종자》의 일부 집필, 18편의 짧은 글이 묶인 첫 작품집 《관찰》 출간.

1913년 《실종자》의 첫 장을 《화부》라는 제목으로 별도 출간.

1914년 5월 말 베를린에서 펠리체와 첫 번째 약혼. 6주 후인 7월에 파혼. 《소송》 집필 착수. 10월 〈유형지에서〉 집필.

1915년 독일 작가 카를 슈테른하임이 폰타네상 상금 전액을 존경의 표시로 카프카에게 인계. 10월 《변신》 출간.

1916년 펠리체와 관계 회복. 10월 《판결》 출간. 1917년 단편집 《시골의사》에 수록된 산문들을 집필.

1917년 펠리체와 두 번째 약혼 파혼. 폐결핵 발병.

1918년 1년 동안 취라우, 셸레젠 등에서 요양.

1919년 율리에 보리체크와 약혼했으나 이듬해 파혼. 5월 《유형지에서》 출간.

1920년 메란에서 요양 중 기자이자 체코어 번역자인 밀레나 예젠스카 부인과 편지 왕래를 시작함. 5월 두 번째 단편집 《시골의사》 출간.

1921년 요양을 계속하면서 10년 간 쓴 일기를 밀레나에게 건네주고 다시 일기를 쓰기 시작함. 브로트에게 자신의 사후 발견되는 모든 원고를 불태워 줄 것을 부탁함.

1922년 《성》을 비롯해 《단식 광대》, 《어느 개의 회상》 집필. 7월 1일자로 보험회사 퇴직. 10월 밀레나에게 《성》 원고를 넘김.

1923년 7월 발트해 연안 뮐츠에서 동 유대계 여성 도라 디아만트와 알게 되어 9월 말 베를린 교외에서 동거.

1924년 병세 악화. 3월 17일 프라하로 돌아와 후두결핵 진단을 받음. 6월 3일 빈 교외의 키어링시호프만 요양소에서 사망. 11일 프라하 슈트라슈니츠 유대인 묘지에 안장.

1925년 《심판》 출간.

1926년 《성》 출간.

1927년 《아메리카》 출간.

1934년 《법 앞에서》 출간.

1936년 막스 브로트가 편집한 1차 카프카 전집 전 6권 간행.

1950년 2차 카프차 전집 전 9권 간행.